講談社文庫

新装版

はやぶさ新八御用帳㈡

江戸の海賊

平岩弓枝

JN259186

講談社

目次

はやぶさ新八御用帳㈡　江戸の海賊

緋桜小町《ひざくらこまち》

江戸で桜の名所といえば上野か飛鳥山《あすかやま》か。

殊《こと》に、上野は寛永寺の山内《さんない》なので、庶民の立ち入りを禁じ、せいぜい池之端あたりから雲か霞《かすみ》かと見まがうような花の山を眺《なが》めて酒を酌《く》むのに対し、飛鳥山は誰もが自由に花の下を歩き、眼《ま》のあたりに花をみることが出来るので、桜の季節は大層な人出であった。

その花見客をあて込んで、茶店が何軒も並び、花見団子だ、饅頭《まんじゅう》だと通行人に声をかける。

が、もっとも多くの客が押し寄せるのが、緋桜小町のさくら茶屋だと、高丸龍平がいささか得意気に、新八郎に話した。

「緋桜小町というのは、誰がつけたのか知りませんが、本名はお小夜《さよ》といいまして、年は十八、たしかに器量よしですが、少々おてんばなところがありまして、それがまた人気になっているようです」

高丸龍平は、町奉行所の本所方《ほんじょかた》の同心であった。

本所方というのは、本所、深川に関する事務、殊に橋梁《きょうりょう》や道の普請《ふしん》、或いは鯨船《くじらぶね》と称する早船二隻を持っていて、出水の際の住民の救助も、その仕事にしていた。

つまり、本所と深川は江戸にとっては新市街であり、町中を川と堀割が廻っていて、橋の数がおびただしく、大雨が降ると河川が増水して橋を流し、家屋が浸水することも珍しくなかったために、町奉行所の中に特別の係をおいたものであった。

ところで、場所は花の盛りの飛鳥山、本所深川とは方角違いのところへ、本所方の同心と、南町奉行、根岸肥前守《ねぎしひぜんのかみ》の懐刀《ふところがたな》といわれている内与力の隼《はやぶさ》新八郎がやって来たのには、わけがあった。

このところ、深川や本所の橋の袂《たもと》に奇妙な張り紙があって、町の噂《うわさ》になっている。

張り紙には墨痕《ぼっこん》鮮やかに、次のような文句が書かれていた。

この頃、お江戸に流行《はや》るもの
地震、大水、船幽霊
退治したくば、飛鳥にござれ
花の下なる、平将門《たいらのまさかど》

町奉行所ではどうせ誰かの悪戯《いたずら》とあまり気にする者はなかった。

ただ、本所方の与力、近藤作左衛門だけが内々に奉行に訴え出た。

かねてから、船幽霊と仇名《あだな》される海賊の跳梁《ちょうりょう》に手を焼いていたからである。

諸国から江戸へ入って来るさまざまの物産は大方、船によって品川沖へ来るか、更《さら》には大川を上《のぼ》って、各々の水路に運ばれる。

大名家の蔵も、大商人の倉庫も舟から直接、運び込めるように、川に面して建てられていた。

本所、深川にはそうした蔵がとりわけ多いのは、前にも書いたように水路に囲まれた町のせいであった。

その舟を襲う盗賊があとを絶たない。

殊に、船幽霊と呼ばれる一味のやりくちは巧妙で、今だになんの手がかりも残さず、本所方の警戒をあざ笑うように、川筋を荒らし廻っていた。

「張り紙の文言は意味不明で、ただの悪戯と思えぬこともございませぬが、この際、船幽霊の文字のある限り、無駄であったとしても捨ててはおけぬ気持が致します」

という与力近藤作左衛門の言葉から、根岸肥前守は、隼新八郎を呼んだ。

本所方に協力して、船幽霊の探索に加わるようにと命じられて、新八郎はとにかく、本所方の同心高丸龍平と、張り紙の中に書かれていた飛鳥山へ出かけて来たものである。

飛鳥山の桜は、およそ五分咲きであった。

花の季節にはよくあることだが、昨夜は急に気温が冬へ逆戻りしたほど寒く、今朝になっても曇天《どんてん》で、今にも雨が降り出しそうな空模様ではあった。

それでも、飛鳥山の花見客はかなりのもので、花の下に陣どって酒を飲む者、弁当を開く者、三味線を弾《ひ》き、踊る者など、思い思いにこの春を楽しんでいる。

無論、茶店もほぼ一杯に客が入っていて、団子や饅頭を買うのにも行列が出来ていた。

なかでも、ひときわ長い行列が出来ているのが、

「緋桜小町のさくら茶屋です」

と高丸龍平が教えた。

この男、新八郎にとっては今度、はじめて紹介された相手だったが、丸顔で男にしては愛敬《あいきょう》のある表情豊かな役人であった。

好人物というのは、一日つき合っただけでわかったが、外見がおっとり、ぼんやりしているようにみえて、けっこう鋭いところがある。

仕事熱心で、本所深川の町人達からも信頼が厚いようでもあった。

年齢は二十五、はっきりいったわけではないが、話の様子では独り者のようである。

そのせいか、飛鳥山へ行くことになって、まず話し出したのは、緋桜小町のお小夜に関する評判であった。

もっとも、わけのわからない張り紙の文章の中に、飛鳥の文字があっただけで飛鳥山へ出かけて来たのだから、他に話のしようもないといったところかも知れなかった。

高丸龍平の教えたさくら茶屋を、新八郎も眺めた。

そう大きな茶屋ではない。

座敷といっても十畳ばかりの、それも表側の障子を開《あ》け放した吹きさらしに、客が各々、仲間同士、一かたまりになって茶を飲み、団子を食べている。

その手前には腰かけ用の縁台がいくつも出ていて、そこにも客があふれていた。

茶店の中では何人かの女が、お揃《そろ》いの赤い前掛に襷《たすき》という恰好《かっこう》で、忙しく立ち働いている。

その中の一人が、高丸龍平をみつけると笑顔で挨拶をした。

「どうなすったんでございます。まさか、お花見ってわけじゃございますまい」

龍平が五月人形の金太郎のように赤くなった。

「相変わらず、繁昌だな」

「おかげさまで……でも、今夜あたり、雨にならなけりゃようございますが……」

女の目が、新八郎へ向けられ、龍平がそっと紹介した。

「隼新八郎どのだ」

新八郎へ向いて、改めていった。

「先程、お話し申しました、お小夜でございます」

「噂に高い緋桜小町か」

新八郎が微笑した。

「成程《なるほど》、これは評判以上の女ぶりだな」

女にしてはやや背が高く、すらりとした体つきはまだ色気がないが、きりりとした目鼻立ちと花のような唇が、なんとも愛らしく清潔な印象であった。

まじまじと新八郎にみつめられて、お小夜は、はにかんで頭を下げた。

龍平は、新八郎の身分をあかしたわけではなかったが、口ぶりで町奉行所の人間と気がついたらしい。

「こんなところでございますが、どうぞ、おかけくださいまし」

ちょうど客が立ち上がった縁台の一つへ、新八郎と龍平を導いた。

汚れた茶碗や皿を下げて、茶店の奥へ去る。

「龍平……」

縁台へ腰をかけて、新八郎は笑った。

「おぬし、すみにおけんな。あのような美女と昵懇《じっこん》とは……」

「いや、昵懇というわけではございません」

律義《りちぎ》に、龍平が弁解をした。

「あの者の父親は、深川に住まい致し、船頭を稼業として居りますが、お上《かみ》のお手先もつとめて、それ故、手前はお小夜を存じて居りました」

「すると、お小夜は深川から手伝いに来て居るのか」

「左様でございます。この茶店はお柳《りゅう》と申しまして、お小夜の叔母に当たる者がやって居りますので、花見の時だけ、こちらへ来ているようで……」

そのお柳が茶と団子を運んで来た。

「高丸の旦那、いつも、兄がお世話になりまして……」

小腰をかがめた姿が色っぽい。

お小夜の叔母というのだから、三十のなかばは過ぎていると思われるが、みたところ、お小夜の姉といっても通用する。こちらも、なかなかの美女であった。

「お小夜が心配して居りました。本所から、わざわざお出《い》でになったのは、やはり、あの張り紙の……」

龍平が慌《あわ》てて制した。

「そういうわけではない。本日は非番の身で、隼どのの花見のお供について参っただけのことだ」

「左様でございましたか」

愛敬のある返事だったが、お柳は龍平の説明を言葉通りには受け取っていないようである。

新八郎は団子を食べ、渋茶を飲んだ。

その膝《ひざ》のあたりに、ちらちらと花びらが舞い落ちて来る。

風はやや強くなり、空はいよいよ雲が重たげにみえる。

「こりゃあ、間《ま》もなく降り出すな」

なんとなく空を仰《あお》いだ新八郎の傍に、お小夜が近づいて、空《から》の茶碗に茶を注《つ》いだ。

「降りましょうか」

「折角の花に気の毒だが……」

「いつも、そうでございます。桜が咲くと雨が降ります」

「花に嵐か」

遠雷が聞こえた。

さすがに、周囲の客が帰り支度をはじめている。勘定を払ってそそくさと出て行く客もある中を、新たに茶店へ入って来た客があった。

新八郎が、なんとなくその客に注目したのは、紫のお高祖頭巾《こそずきん》をかむっている女だったからである。

身なりからして武家の女房といったふうであったが、別に供を伴《つ》れていない。

片すみの縁台に腰をかけて、茶店の女に茶を所望している。

低い声だが、どことなく気品があった。

頭巾からのぞいている顔は細面《ほそおもて》で、やや切れ長の目と、優しく結んでいる口許《くちもと》に色気がある。年齢はお柳とほぼ同じくらいだろうか。

雷鳴が大きくなった。

花見の客は更に慌《あわただ》しく帰りを急いでいる。

が、雨のほうが早かった。

「降り出しましたな」

龍平がいった時には、花の梢《こずえ》を吹いていた風にまじって、大粒の雨が飛鳥山を濡《ぬ》らしはじめている。

花見客は、いったん出た茶店へ再び、かけ戻る者もあるし、尻《しり》をはしょって花の下を跳んで行く者もある。

子供の泣く声や、仲間同士が呼び合う声も聞こえて、花の山は右往左往する人の群《むれ》で、ごった返していた。

「そこは濡れます。こちらに……」

お柳にいわれて、新八郎と龍平も奥の座敷へ上がり込んだ。

雷鳴がつんざき、稲妻が走った。

まだ夕暮には間があろうというのに、あたりは暗くなって、花の梢だけが僅《わず》かに白っぽく、風の中に浮かんでみえる。

滝のような大雨であった。

大地が吸い込み切れない雨量は、みるみる中《うち》に傾斜地を流れ出して、俄《にわ》かな流れがそこらに出来る。

人の声が聞こえなくなった代わりに、雷はがらがらと天上を鳴り渡る。

五、六人の男達が各々、羽織などを頭からかぶって、さくら茶屋へ逃げ込んで来た。

さくら茶屋の女達は、ひとかたまりになって店の奥へうずくまっていて、新しい客には目もくれなかったが、さすがにお柳は土瓶《どびん》に茶葉を入れて湯を注ぎ、茶碗を添えて運んで行った。

「どうも、凄《すご》い降りですな」

龍平が新八郎にいいかけた時、激しい稲妻と雷が同時に大地を叩《たた》いて、茶屋にいた人々の、わあっという叫び声が起った。

近くに落雷したらしい。

男ですらも、一瞬、息を呑み、頭を低くして身動きが出来なかった。

それほどの衝撃が、さくら茶屋を襲ったので、気がついてみると、新八郎にはお小夜が、龍平にはお柳がしがみついている。

が、落雷はそれ一つだけであった。

ごろごろと名残り惜しげに雷鳴が遠ざかり、夜のように暗くなっていた四辺に、昼の明るさがゆっくり戻って来る。

「まあ、申しわけございません」

新八郎に抱かれたような恰好になっていたお小夜が、はっと気がついて体を起し、みるみる耳許《みみもと》まで赤くなった。

「いや、ひどい雷だったな」

少々、照れて、新八郎が龍平をふりむくと、こっちは顔面蒼白になって、なかば失心しているお柳を抱えて、茫然《ぼうぜん》としている。

「叔母さん……」

お小夜がとびついてお柳の体をゆすり、手近にあった土瓶の茶を、湯呑に注いで来た。

夢からさめたような顔付のお柳が、湯呑を受け取り、なんとなく茶屋を見廻して、ああっと声を立てた。

土間の縁台のところに、女がうつ伏せになっている。女の背に白刃が突き立っていた。

新八郎と龍平が殆《ほとん》ど同時に、立ち上がって女の傍へ近づいた。

紫のお高祖頭巾に包まれた髷《まげ》ががっくりと傾いている。

龍平が女を抱き起した。白刃は胸まで突き抜けて、胸から下はからくれないに染っている。無論、息はない。

「あの人たち……」

お小夜が叫んだ。

「どこへ行ったんです。あの人たちは……」

雷鳴に驚いたように、さくら茶屋へとび込んで来た五、六人の男たちの姿が、かき消したように居なくなっていた。

「奴らの仕業《しわざ》か」

龍平が女の死体を縁台へ横たえてから外へ出たが、すっかり小降りになった雨の中を、小犬が一匹、走って行くだけであった。

やがて、龍平が近くの番屋へかけつけて行って、番太郎を呼び、女の死体をさくら茶屋から麓《ふもと》の番屋へ移した。

知らせを受けて、町廻りの途中だった町奉行所の定廻《じょうまわ》りの同心、平泉恭次郎《きょうじろう》がやって来る。

殺された女は、髪形からしても、着衣から考えても、武家の妻女のようであった。

所持品の煙管《キセル》入れは唐織《からお》りの贅沢《ぜいたく》なもので、根付《ねつけ》には翡翠《ひすい》の珠《たま》が用いてある。

だが、紙入れの中には一文の銭も入っていなかった。

その他に、身許の知れるようなものは、なに一つ持っていない。

「どうも合点《がてん》が参りませんな」

新八郎と一緒に調べていた平泉恭次郎がいった。

すでに飛鳥山は雨が上がって、夕暮になりつつある時刻であった。

「これだけの品物を身につけているからには、然《しか》るべき身分の御妻女と思えますし、よもや一人で花見に来たわけではありますまい」

供にせよ、伴れにせよ、誰かと飛鳥山へやって来たのに違いないが、彼女が死体となって数刻も経《た》った今、番屋になんの届け出もない。

花見に来て、はぐれたのなら、当然、山中を探し廻り、番屋のほうにも、かような風体《ふうてい》の者をみかけなかったかと、訊《たず》ねて来るのが普通であった。

が、何軒かの茶店を訊《き》いて廻っても、そうした尋《たず》ね人の問い合わせはなかったという。

「俺がみた時は、一人で入って来たのだ」

新八郎は、その時の光景を思い出しながら、平泉恭次郎にいった。

「さくら茶屋へ、この女がたった一人で入って来た」

ちょうど遠雷が聞こえて、それまで茶店にいた客が、そそくさと帰りかけていた時であった。

雨は、まだ降り出して居らず、従って、お高祖頭巾の女は、雨宿りにとび込んで来たのではなかった。

「誰かと、あそこで待ち合わせでもしていたのではありませんか」

口を出したのは龍平であった。

「そうかも知れない」

さくら茶屋へ入って来た女は、落ちついて、茶店の女に茶を所望していた。

「すると、もし、人と待ち合わせをしていたのなら、その相手はどうしたのですかな」

平泉恭次郎がいった。

五十をすぎて、定廻りの旦那としては古参のほうである。

「来なかったのか、それとも……」

もし、約束の時刻に遅れて来たとしても、さくら茶屋で聞けば、事件は耳に入る。仰天《ぎょうてん》して番屋にかけつけて来る筈である。

が、今のところ、そうした者もない。

「女が殺害された時、さくら茶屋には、五、六人の男がいたと申されたが……」

内与力という新八郎の身分を知っていて、平泉恭次郎は、少しばかり、へりくだった口のきき方をしていた。

「左様、雨が降り出して、五、六人がわあっと店の軒先《のきさき》へ入って来たのだが……」

雨がやみ、女が殺害されているのを発見した時には、その男達の影も形もなかった。

「すると、隼どのは、その者どもが、この女を殺害したといわれるのですかな」

平泉に訊かれて、新八郎はうなずいた。

「そうかも知れぬ」

「しかし、隼どのも、高丸龍平も、同じ茶屋の中にいたわけではありませんか。仮にも、人がひとり殺されたのに、気がつかないということがありましょうか」

「そういわれると一言もないのだが……」

雷鳴と稲妻がもっとも激しい時であった。

あたりは暗くなって、茶店の女達は悲鳴をあげていた。

「あの最中に殺されたとしたら、少々、声を上げても、雷におびえてのものと、かん違いをしたかも知れない」

さくら茶屋の奥座敷は、表の土間にむかって障子はしまっていないが、衝立《ついたて》がおいてあった。

雨がひどくなって、新八郎も龍平も衝立の奥へ移ってすわっていたから、その恰好ではお高祖頭巾の女のいた土間のほうは見えない。

「それにしても、大胆な奴ですな。お奉行の懐刀といわれる隼新八郎どのの目前で、人殺しをやってのけるとは……」

いささか皮肉に平泉がいい、番太郎が清めの塩を持って来た。

「どうも、手前がお供をして居りながら、とんだことになりまして」

飛鳥山からの帰りに、高丸龍平が面目なげに詫《わ》びたが、新八郎はむしろ、笑いとばした。

「平泉どののいう通りだ。大の男が二人もいながら、人が殺されるのに、うっかりしているようじゃ、お奉行にお目玉をくらっても仕方がない。どうも、大しくじりをやらかしたものだ」

それにしても、血の匂いがなかったと、新八郎は思い出していた。

人が突き殺されて、おびただしく血が流れている。

やはり、あの雨風のせいだったかと気がついた。

雷と共に吹き荒れた雨と風が、血の匂いを吹きとばしてしまった。

そうでなくとも、新八郎は緋桜小町に、龍平はお柳に抱きつかれて、甘い女の脂粉《しふん》の匂いの中にいた。

飛鳥山で殺された女の身許は、十日が過ぎても判らなかった。

伊達《だて》藩の御用船が海賊に襲われたのは、そんな最中であった。

隼新八郎が飛鳥山へ出かけた日も、雨に祟《たた》られたが、仙台の月浦《つきのうら》を出航した御用船が鹿島灘《かしまなだ》を抜け、安房《あわ》沖を廻って江戸の海へ入って来た時も荒天であった。

風雨から逃れるように、船は大川の河口近くで、とりあえず碇《いかり》を下ろした。陸地は目の前だし、風を避けるにも恰好の場所であった。

船頭はもとより乗り組んでいた伊達藩士も、ほっと一息ついた。

とりあえず、天候を見定めてから、船を品川沖へ持って行くか、それとも、鉄砲洲《てっぽうず》のほうへ寄せるか判断をしようということになって、侍達は船底に近いところで、まず腹ごしらえをしていた。

船頭達も、安房沖から江戸へ入るために、かなりな苦労をしたあとなので、疲労困《こん》憊《ぱい》して、各々に休息を取っていた。

まだ夜になるには早い時刻だったが、天気が悪いせいで、海も陸地も暗かった。

それでも、雨は次第に小降りになってきたし、風も凪《な》いで来ていた。

船幽霊をみつけたのは、仙八という船子であった。

積荷の点検を命ぜられて甲板《かんぱん》へ上がって来ると、思いの外、近いところに、艀《はしけ》にしてはやや大きい舟が停泊している。

最初、仙八はやはり風雨をよけて入江へ入って来た舟かと思った。

仰天したのは、その舟の上に、磔　柱《はりつけばしら》のようなものが立っていて、そこに女がくくりつけられているのに気がついたからである。

磔柱の周囲には赤々と篝火《かがりび》が焚《た》かれて、それが凄惨《せいさん》な女の姿を照らしている。

女は髪ふり乱し、まるで幽鬼のような形相《ぎようそう》であった。顔からも、白い着衣からも血が流れている。

仙八が大声をあげて、船子達がかけ寄って来た。

甲板に、今まで張り番に出ていた者は、ことごとく、仙八のほうへ集まって彼が指した方角へ目をこらした。

「船幽霊だ」

という叫び声が起った。

それは、磔柱にくくりつけられている女のまわりを、青い火の玉がいくつも、ふわりふわりと飛び廻り出したからであった。

船子達は腰を抜かしたようになって、身動きが出来なくなった。

ふと、気がついた時、甲板には黒装束《くろしょうぞく》の賊が次々と登って来ていて、積荷を片はしから、下の艀へ移していた。

慌《あわ》てて、そっちへ行った者は忽《たちま》ち斬られた。

声をあげて、船底の侍を呼びに行こうとした者も、海へ突き落とされた。

一瞬の中に、甲板は修羅場《しゅらば》になった。

船底で酒を飲み、飯を食っていた侍衆がさわぎを聞きつけて甲板へ上がって来たが、これも、よもや海賊の襲撃とは思わず、船子達が喧嘩でもはじめたものと考えていたので、まるで用心なしに敵の刃《やいば》を受けることになった。

勝負はあっけないほど早かった。

運よく難を逃れて、海を泳ぎ岸へ這《は》い上がった船子が注進をして、町方の早船が漕《こ》いで来た時には、伊達藩の御用船は海賊が略奪をほしいままにしたあとであった。

船荷の大方は奪われ、伊達藩士や船子の大半が殺害された。

無論、海賊の行方は杳《よう》として知れない。

町奉行所では、早速、本所方与力、近藤作左衛門が生き残った者達から事情を訊ねたのだったが、船幽霊をみて仰天している内に、海賊が襲って来たという以外には、これといって、手がかりになるような話もない。

取り調べは翌日、再び本所の舟番所で行われ、隼新八郎も奉行直々《じきじき》の指図でその席につらなった。

積荷の中で、もっとも大きな被害は、陸奥《むつ》の砂金と鹿皮百数十枚のようである。

近藤作左衛門の調べが一通り終わったところで、新八郎は許しを得て、生き残りの船頭、関根太郎兵衛に訊ねた。

「昨夜伊達藩御用船は大川の河口近くに碇を下ろしたと申すが、それは仙台を船出した時から左様に決まっていたものでござろうか」

船頭とはいっても、伊達藩の舟手頭であり、士分格である。家柄は苗字帯刀《みようじたいとう》を許されている。

海の男らしく、赤銅《しやくどう》色の肌もがっしりした体つきの関根太郎兵衛は五十二、三だろうか、肩から胸にかけて巻いている白布に血が滲《にじ》んでいるのは、昨夜の海賊の襲撃の際、負傷したもののようであった。

「いや、それは手前の裁量に委《まか》されて居りましたので、江戸へ入るまでは、品川沖へ参るか、それとも大川沿いに深川へ寄せるかはしかとは定まって居りません」

その時の天候、風向きなどで、よりよい停船の場所は、船頭が決定する。

「御承知のように、当藩御下屋敷は品川に、亦《また》、深川にもございます。いずれも、御用船の荷揚げには便宜になって居ります」

仙台から海路、運ばれて来る荷物は、その時の状況に応じて、品川か深川の下屋敷の蔵へ運び込まれることになっていた。

「すると、昨夜、深川へ向けたのは、船頭どのお一人の御決断か」

「左様、しかし、手前の裁量と申しましても、やはり、何人かに相談は致しました」

「それは、どなたでござるか」

「このたびのお役頭、鉢本左門様並びに船子頭の吉平と申す者でございます」

風が舟番所の格子《こうし》窓の外でうなっていた。

晴れてはいるものの、今日も変わりやすそうな天気であった。

「その鉢本どのと吉平は、如何《いかが》あいなりましたか」

新八郎が、近藤作左衛門をふりむき、彼が膝の前においてあった書きつけを示した。

それには、昨夜の被害者の姓名が書きつらねてある。

「お気の毒なことに、鉢本どのは斬り死をなされて居る。吉平と申す者は行方不明じゃが、おそらく、海賊どもによって海へ投げ込まれ、溺《おぼ》れ死んだに違いあるまい」

舟番所からは今日も猪牙《ちょき》を出して、海上に浮かんだ死体のひき上げを行っていた。

「ところで、今一つ、船荷の内容については、特にどなたか御存じであったか」

格別高価な鹿皮や、砂金を積んで来たことであった。

「それは、ごく下働きの水夫どもをのぞいては、みな承知して居りましょう」

大事な品物は船の中でも、それ相応のところに積んで来るし、波や風にあてないようにに気をくばっている。

「何分にも、御用船でございます。乗り組んで居ります者どもも、各々、素性《すじよう》が知れて居りますし、用心をしなければならぬようなことはございませんので……」

「成程、左様でござったか」

あっさり、新八郎が質問を打ち切った。

「どうも、厄介なことになった」

伊達藩の者達を帰してから、近藤作左衛門が腕をこまねいた。

江戸の海へ入って来てからの災難であった。

伊達藩としては、当然、町奉行所はなにをしているのかと苦情をいい立てる。

「この節、江戸に海賊の横行《おうこう》する由、巷《ちまた》にまで聞こえて居るというのに、町奉行所、舟番所は如何なる取り締りをして居るのか。これでは、上様《うえさま》御威信にかかわるとは思わぬか」

嫌味《いやみ》たっぷりに伊達藩の江戸家老が町奉行、根岸肥前守に使いをよこしたなどという話を、新八郎も今朝、御用人から聞かされている。

「なんにしても、海賊を捕えることが先決ですな」

本所深川のおびただしい水路を巧《たく》みに舟をあやつって横行する海賊には本所方も手を焼いているわけだが、

「彼らとて、舟を住みかにしているわけではありますまい。その根拠は必ず陸の上である筈、それも海賊どもの足取りを探ってみれば、必ずなにかの手がかりが浮かび上がって参りましょう」

同心の高丸龍平は、むしろ落ちついていた。

「砂金はともかく、鹿皮は高価のもの、取引されるところも限られて居ります。そっちのほうからも、或いは手がかりが得られるかも知れません」

海賊が盗品を売りさばくのを待つという。

仙台堀《せんだいぼり》

猿江町の御番所を出て、隼新八郎は猿江橋の袂《たもと》に立った。

そこが水の十字路になっている。

猿江橋がかかっているのは横川で、それと縦に流れている小名木川《おなぎ》が交差している。

どちらも、川幅はかなりあって、舟が往来していた。

猿江橋を渡り、今度は小名木川にかかっている新高橋を渡る。

小名木川の川幅は十五間、昨日の雨で水かさはかなりあって、流れもやや早い。

新八郎は小名木川に背をむけて、横川沿いに歩き出した。

どちらかといえば、本所深川へはあまり来たことがなく、少々、地理不案内でもあった。

町の名前が海辺大工町、その名の通り、横川の流れ行く先は洲崎の海だし、ぽつんぽつんと家が集まっているところには、大工が多く住んでいるらしい。

やがて島崎町で小橋を渡った。

このあたりからは木場《きば》であった。

水路はいくつにも分かれていて、材木置場と木を浮かべる堀割が続く。

崎川橋の袂で、新八郎は右に折れた。

今度は仙台堀に沿って行く。

仙台堀は小名木川と平行に、大川へむかって流れている。その仙台堀が大川へ流れ込むあたりに伊達藩の下屋敷があるので、仙台堀の名が生まれた。

もっとも、正確にいえば、伊達家下屋敷の脇にある上の橋から、次に伊勢崎町のところに架《かか》っている海辺橋までが仙台堀で、その先は川幅が二十間あるからというので二十間川と俗称している。

つまり、新八郎が木場の材木置場を左右に眺めながら歩いているのは、二十間川の川っぷちということにもなる。

なんにせよ、寂しいところであった。

川に舟の通行はあるが、道には人影がない。

まだ夕暮には間《ま》があった。

風が海のほうから吹いて来るせいで、汐《しお》の匂いがしている。

漸《ようや》く、仙台堀へ出た。

岸辺に猪牙《ちょき》が寄せてあって、白髪頭の男が岸に立っている若い女に、なにかいっている。

なんの気なしに、そっちをみて、新八郎は若い女の横顔に見憶えがあった。

むこうも、新八郎に気づいて、おやという表情をする。

「誰かと思ったら、緋桜小町か」

近づいて、新八郎は訊ねた。

「今日は、飛鳥山へ行かなかったのか」

「花はもう散っちまいましたもの」

というのが、娘の明るい返事であった。

「それに、あんなことがあって、叔母さんは茶店を閉めちまったんですよ」

さくら茶屋の殺人のことであった。

白髪頭の男がお小夜に、どなただと訊いている。

新八郎は自分から名乗った。

「俺は奉行所の隼新八郎だ」

相手は、はっとしたようであった。

「それでは、この前高丸の旦那と御一緒に飛鳥山へお出でになったという……」

「お前さんは、緋桜小町のお父《とっ》つぁんか」

どことなく、面《おも》ざしが似ている。

「お小夜は、手前の娘でございます」

「道理で、父つぁんもいい男前だ」

「御冗談を……」

改めて、深く頭を下げた。

「手前は源七と申します」

「本所の番所で働いていたことがあるそうだな」

高丸龍平から聞いたことであった。

「本所深川の船頭は、いざという時にはお上のお手伝いに馳《は》せ参じますんで……」

源七が、さりげなく新八郎を舟の上から見上げた。

「旦那様はお一人で……」

「昨日の海賊の一件でやって来たんだが、本所深川は不案内でね」

御用船が襲われたのは、どのあたりか知っているかと新八郎が訊き、源七が遠慮がちに答えた。

「船は今朝ほど、品川沖のほうへ移って参りましたが……」

「海賊に襲われた場所がみたいんだ、船はどうでもよい」

「お父つぁん、御案内をしたら……」

おきゃんな声で、お小夜がいった。

「ちょうど、辰吉もいるんだし……」

猪牙の上で竿《さお》を握っている若い男を眺めた。

お小夜にみつめられて、辰吉という船頭らしいのは、少しばかり赤くなっている。

「この人、永代橋の近くにいたんですよ」

新八郎が体を乗り出すようにして、辰吉をみた。

「御用船が襲われた時か」

辰吉が僅かに頭を下げた。

「そいつはいい。父つぁん、すまないが俺をこの舟に乗せてくれ」

「よろしゅうございますが、辰吉はたいしたことを知っちゃあ居りません」

「なんでもいい。とにかく、昨日のところへ行ってくれないか」

猪牙から岸へ渡してあった踏み板を渡って新八郎が舟に乗ると、そのあとからお小夜も身軽く乗り移って来た。

「お小夜、お前は家へ帰ってろ」

「いいじゃないの。あたしがお供をしたって……」

いくらか恥ずかしそうに、新八郎へ訴えた。

「お父つぁんはたった今、辰吉と一緒に昨夜のところへ行って来たんです。それで、あたしも行ってみたかったのにっていってたんですよ」

さすがに、新八郎とは少し離れ、父親の背中のほうへ行って舟にすわった。

「お前さんも、けっこう物好きなんだな」

辰吉が踏み板をはずすのをみながら、新八郎が笑い、僅かに源七が苦笑した。

「女のくせに、おてんばで困って居ります」

舟がついと岸を離れた。

辰吉が竿を取って、ゆっくりと仙台堀を大川へ漕ぎ下る。

間もなく、右側に大名屋敷の塀《へい》がみえて来た。

「御存じとは思いますが、あちらが仙台様のお下屋敷で……」

そっと源七が教える。

「昨日、御用船は、こっちへ向かって大川を上って来ようとしたのだな」

「そのようでございますが……」

伊達家の下屋敷だけあって、塀は長く続いていた。敷地はかなり広い。

仙台堀をはさんで、対岸は今川町であった。

こちらは町屋で小さな家がぎっしり並んでいた。

仙台堀の水の流れが、やや早くなったと思うと、そこは上の橋の下をくぐって大川へ出るところであった。

河口に近いから、大川はかなりの川幅でざわざわと波を立てながら海へ注《そそ》いでいる。

「お前は、昨日どのあたりにいたのだ」

海からの風に吹かれながら、新八郎が訊ねた。

「そこの熊井町のところの水路に舟を入れて居りまして……」

大川が海にぶつかる少し手前の左岸であった。

そこは狭い水路で、海側が松平下総守の下屋敷になっている。

昨日は一日中、雨風が吹き荒れて、辰吉は仕事に出ず熊井町の自分の家にごろごろしていたのだが、満潮時になって、

「舟のことが心配になりまして……」

家を出て、雨の中を堀割まで行ってみた。

水びたしになっていた舟を岸へ上げ、水をかい出している中に、雨が小降りになって来たので、

「家へ戻ろうとして、ひょいと海のほうをみますと大きな船が、沖のほうにみえまして」

それまでは気がつかなかったといった。

「雨がどしゃ降りで、海には靄《もや》が立ちこめて居りましたんで……」

灰色の靄は、まだ、すっきりとは晴れていなかったのだが、

「小さな舟が、靄の中から抜け出して来て、川筋を凄い速さで漕ぎ上がって行くのがみえました。そりゃ、とてつもない早い舟足《ふなあし》でして……どういう舟か知らないが、滅法威勢のいい舟だと思ってみていました」

あとで気がついたことだが、それが、御用船を襲った海賊のひきあげて行くところだったと思うといった。

「どんな舟だったのだ」

「猪牙よりは大きいように思いました」

靄の中で、はっきりはしなかったが、先頭を行くのは猪牙より大きく、そのあとに

続くのは艀《はしけ》のようだったと辰吉はいった。

「御用船がでっかいものですから、よけい、その舟が小さくみえたのかも知れませんが」

辰吉がみていたのは、それだけで、

「海賊とは夢にも思いませんで、家へ帰りまして、だいぶ経ってから仲間の船頭から御用船が襲われたようだと聞きまして……」

小さな堀割が大川に向いていた。

辰吉が海賊たちの舟をみたところである。

大川が海へ流れ出すところに、佃島《つくだじま》があった。

川から流れて来る堆積物が洲《す》になって出来た石川島の南隣で、石川島が洲を埋め立てて島を作り、罪人や無宿者の服役する場所になっているのに対して、佃島のほうは鉄砲洲に沿っている孤島で、漁夫の島であった。

もともと、石川島と佃島は海をへだてて離れていたものが、堆積物と埋め立てのおかげで地続きになってしまっている。

が、大川を永代橋のほうから下りて来て見えるのは石川島のほうであり、その背後に佃島ということになった。

佃島のむこうは海である。

大川の河口は石川島佃島をまん中にして、海へむかって少々の入江を左右に作っていた。

左の深川側は洲崎のほうへむけて海が広がっているが、右は御舟手屋敷、向井将監の塀が大川にむかっているところから亀島川などの二つの小川が流れ込んで居り、本湊町、船松町、十軒町などが川岸にある。更《さら》にその先には紀伊家、松平安芸守《あきのかみ》などの下屋敷があって尾張家下屋敷、御浜御殿へと入江がふくらんでいた。

つまり、大川の河口は石川島佃島の西側は陸地が続いているが、東側は海ということになる。

「あのあたりでございます。伊達様の御用船が停船して居りましたのは……」

源七が指したのは、石川島佃島の東の海側であった。

深川の陸地からと石川島佃島との中間のあたりの海上である。

辰吉が艪《ろ》を漕いで、そっちのほうへ猪牙を進めて行った。

外洋ではないが、海には違いなく、波も高く、うねりもあった。猪牙は木の葉のように揺れている。

「間違いないか。御用船が入って来たのは、このあたりなのだな」

新八郎は源七に確かめてから、海上を見渡した。

深川の陸地は遠かった。

舟の正面に石川島佃島がみえる。そのむこう側は船松町あたりだろうが、二つの島が屏風《びょうぶ》のようになっていて、築地のほうはなにもみえなかった。

「成程……」

今、新八郎の乗っている猪牙の位置に伊達藩の御用船が停泊していたとすると、それを襲った海賊の舟は、石川島佃島が邪魔になって、そのむこうの舟手屋敷や大きく広がっている町屋からはみえない。

つまり、本湊町や船松町などの築地側の番屋からは、御用船も襲撃して来た海賊舟も発見出来ないということになる。

そして、深川の陸地は遠く、こちら側からも御用船への見通しは悪い。

「こいつは、海賊にはおあつらえの場所じゃないか」

新八郎がいい、源七の目が光った。

「おっしゃる通りでございます」

昨日のような天候の日には大川の河口の番所は避難して来る船のために、番人が海上を見張っている。

その見張りの目の届きにくい位置に、伊達家の御用船は碇を下ろしたことになる。

「昨日、御用船がこっちへ入って来た時分だが、風はどっちからどっちへ吹いていたんだ」

新八郎が訊き、源七の表情が更に鋭くなった。

「巽《たつみ》の方角（東南）より乾《いぬい》の方角（西北）へ向かって吹いていたと存じますが」

「巽から乾か……」

舟の上で、新八郎がその方角を目で追った。

風は海上から築地の方向へ吹いていたことになる。

「可笑《おか》しいと思わぬか」

改めて源七をふりむいた。

「巽から乾へ吹く風を避けるためには、御用船は石川島佃島の西側、即ち、築地側の海へ碇を下ろせば、二つの島が風よけになる。俺は舟のことにはくわしくないが、風の吹いて来る方角に島なり、陸地なりがあるところへ逃げ込むものではないのか」

源七が大きくうなずいた。

「おっしゃる通りでございます」

「では、何故、御用船の船頭、関根太郎兵衛は、船を深川側へ入れたのか」

「一つには、大川の流れのせいかも知れません」

　大川の河口は築地側のほうが狭かった。

　石川島と御舟手屋敷の間のところは、鳥の首のようになっていて、狭い水路だけに流れが早い。

「けれども、本湊町寄りの岸辺沿いに船を寄せれば、御用船ほどの大船であれば、流されることはありますまい」

　しかし、御用船が安房沖を廻って江戸の海へ入ったあたりから、風雨はやや衰えはじめていた。

「大川の流れは風雨がおさまってからのほうが増水いたします。それで、風よけよりも川の流れのほうを思案して、深川側へ寄せたとも考えられましょう」

「そういうものかな」

　あっさり、新八郎は源七の言葉に納得《なっとく》した。

　ふと気がつくと、お小夜が舟べりにもたれるようにして、ぐったりしている。

　舟に酔ったのだとわかって、新八郎は慌てて、辰吉に声をかけた。

「すまない。急いでひき返してくれ」

　蒼《あお》ざめた顔のお小夜にいった。

「気の毒なことをした。波が高いのに、こんなところまで漕ぎ出させてしまった」

源七が苦笑した。

「女だてらに、お供なんぞするからでございますよ。こういうことになるから、家へ帰って留守番をしていろというのに、親のいうことをきかねえから……」

口ではきついことをいいながら、娘の様子をみた眼つきに不安がのぞいている。

新八郎は腰の印籠《いんろう》をはずし、なかから銀色の粒を手の平に十粒ばかり出した。

「これを飲むといい。それから吐きたかったら、かまわないから、舟ばたからげえげえやっちまうことだ」

お小夜は、なにかいいたそうな様子だったが、それどころではない様子で、新八郎から薬をもらい、横をむいて口に含んだ。

辰吉のほうも、お小夜が気がかりらしく、あたふたと舟を大川へ漕ぎ入れる。

「親方、永代橋の近くに着けますんで……」

源七へことわっておいて、ぐいぐいと岸へ寄せて行った。

いい具合に舟着場がある。

源七がお小夜を抱きおこして、新八郎のあとから陸へ上がった。

そこが深川佐賀町である。

「大丈夫か」

大柄な娘をもて余しているような父親を助けて、新八郎は路地へ入って行った。

「おやまあ、お小夜ちゃんどうかしたんですか」

井戸端で米を洗っていた女が大声をあげ、その傍にいた子供が母親にいいつけられて、すぐ突き当たりの家の格子戸を開けた。

そこが、源七父娘の住居らしい。

我が家の前まで来て、お小夜は漸く元気が戻ったようであった。

「どうも、とんだところをおみせ申しまして、あいすみません」

源七が娘の代わりに詫び、お小夜がきまり悪そうに頭を下げる。

「お前は家へ入ってろ。俺は旦那をお送り申して来る」

新八郎が手を振った。

「俺ならいい。送らずとも、ここからなら一人で帰れる」

印籠を、源七に渡した。

「もう十粒ほど飲ませてやるといい。こいつは、なんにでもよく効《き》くそうだ」

「とんでもございません。旦那……」

辞退するのに、もう、さっさと背をむけて新八郎は路地を出た。

井戸端にいた連中があっけにとられている。

永代橋のところへ来ると、辰吉が舟をもやって上がって来た。

「手間をかけたが、おかげで助かった」

一杯やってくれと、少々の金を握らせて永代橋を渡る。

大川を越えたほうからふりかえると、本所深川は夕陽の中であった。

大川端を川沿いに上りながら、対岸に仙台堀のみえるところまで行ってみた。

伊達藩の御用船が碇を下ろした大川の河口から仙台堀まで、もう一息という距離であった。

何故、大川に入ろうとするところで船を停泊したのだろうと新八郎は川を眺めて考えていた。

素人《しろうと》判断かも知れないが、あんなところで碇を下ろすよりも、そのまま、永代橋の下を通ってと思い、ああそうかと声が出た。

仙台からやって来るような御用船は帆柱が邪魔をして永代橋の下は通行出来ない。

当然、大川の河口に船をとめて、そこから仙台堀の下屋敷までは小舟を利用して荷を運ぶことになる。

実際、大川を上り下りしている舟の数は、今も多かった。大方が荷舟で、新川のほうの川筋へ入って行くもの、仙台堀や小名木川へ向かって行くもの、さまざまであった。

暫《しばら》く、そこに立っていて、新八郎はやがて踵《きびす》をめぐらした。

翌日、奉行所で新八郎は本所方与力、近藤作左衛門を呼びとめた。

「これは、隼どのか」

めっきり憔悴《しょうすい》した顔で、作左衛門がいった。

「御奉行が、いたく御心痛であった」

伊達藩の御用船が海賊に襲われた一件であった。

「なにしろ、手がかりはなにもなく……」

新八郎は片手を上げて、相手の言葉を制した。

「少々、うかがいたいことがございますが」

江戸表《おもて》に入って来る船は、沖で停泊して、艀《はしけ》を使って陸へ荷揚げをする。

「伊達藩の場合、その艀も伊達藩お抱えの御用艀のようなものがあるのか、それともその都度《つど》、本所深川あたりの荷揚げ舟を依頼するのか、そのあたりについてうかがいたいのですが……」

近藤作左衛門が首をひねった。

「伊達藩お抱えの艀があるとは聞いたことがござらぬ。おそらくは、当地の荷揚げ舟、船頭、人足を使うて居られると思うが……」

なんなら高丸龍平にお訊ね下されと、いった。

「本所にも深川にも荷揚げ屋と申して、諸国より参る船の荷揚げを請負《うけお》うところが何軒かございますが、それらにつきましては、高丸がくわしゅうございます」

「かたじけのう存じます」

御用部屋をのぞいてみると、高丸龍平は定町廻りの同心、大竹金吾と立ち話をしている。

新八郎をみて軽く会釈《えしやく》をした。

俗に定廻りの旦那と呼ばれる定町廻りの同心、大竹金吾とは、剣の同門でもあり、事件の探索を行ったこともある。

で、大竹金吾は新八郎に対して親しみのこもった目をむけた。

「隼どのには、この度の伊達藩御用船の件で、昨日、本所へ参られたとか」

新八郎は笑った。

「されば、お奉行のお指図で出かけてみたものの、川むこうのことは皆目《かいもく》、見当がつかず、甚《はなは》だ困惑致して居る」

「左様なこともございますまい」

ひかえめに、高丸龍平が揶揄《やゆ》を含んだ口調で応じた。

「緋桜小町と一つ猪牙にて、深川沖まで出かけられたそうではございませんか」

「やあ、もう耳に入っているのか」

屈託なく、新八郎が受けた。

「はばかりながら、本所深川に関して、手前は、地獄耳です」

「そいつは、うっかりした」

ぼんのくぼに手をやって、新八郎はその調子のままで訊いた。

「伊達藩の御用船が仙台堀の下屋敷へ荷揚げをする時に、請負うのは、なんという家だ」

「伊達家御用を承《うけたまわ》っているのは、本所深川の艀屋ではございません」

さらりとした返事であった。

「本所深川ではない」

「たしか、寒橋の袂の海手屋と申す艀屋でございます」

「さむさ橋というのか」

大竹金吾が傍から口を出した。

「明石町でございます。別名、明石橋とも申しますが……」

これは定廻りだけあって、よく知っている。

「明石町の海手屋だな」

念を押して新八郎は御用部屋を出た。

一度、奥へ戻って御用人の高木良右衛門にことわってから外出支度をして通用門へ出て来ると、どこからともなく高丸龍平が近づいて来た。

「お出かけですか」

例の人なつこい調子である。

「もしも、明石町の海手屋へ行かれるのなら御案内 旁《かたがた》 お供をしますが……」

「それは助かる」

打ち揃《そろ》って奉行所を出た。

風はないが、この季節にしては気温が低い。

「花冷えと申すのでしょうかな」

歩き出しながら、高丸龍平がいった。

しかし、その桜も殆ど散ってしまっている。

「貴公は、奪われた積荷を盗賊どもが売りさばく方面を詮議すると申していたが、なにか手がかりはついたのか」

数寄屋橋御門を出て尾張町へ向かいながら、新八郎が訊ねた。御用船が積んでいた鹿皮から、盗賊一味が尻尾《しっぽ》を出すと龍平がいったことである。

「一応、その筋には手を打っておきましたが、昨日の今日では、まだ、盗賊どもも動き出しますまい」

かすかに眉《まゆ》を寄せた。

「つくづく考えてみますと、盗品を軽々しく売りさばいて、そこから足がつくような真似《まね》をする連中ならば、これまでにとっくに町方の網にかかって居りましょう」

船幽霊と仇名のある海賊の跳梁は今に始まったものではなかった。

「御用船をねらったのは今度が初めてですが、これまでにも土佐から鰹節《かつおぶし》を積んで参った船や、長崎からの唐渡りの緞子《どんす》、鼈甲《べっこう》などの積荷を襲ったり致して居り、いずれも、今だに手がかりすらございません」

「同じ一味と思うか」

正面をむいたまま、新八郎がいった。

「なにがでございますか」

「今までの海賊と、御用船を襲った奴と」

「当然でしょう」

なにを今更《いまさら》と、龍平がいった。

「どちらも、帆柱に女の血まみれ死体をくくりつけ、人魂《ひとだま》をとばし、船幽霊だと驚いて船子共が腰を抜かしているすきに、艀で近づいて甲板へよじのぼり、掠奪《りやくだつ》を行って居ります。やりくちからいっても、同じ一味の仕事と心得ます」

「そうだな」

尾張町はさすがに人通りが多かった。

江戸でも指折りの老舗《しにせ》がこのあたりに店をかまえている。

呉服屋が多かった。

布袋《ほてい》屋、亀屋、恵比須屋などという屋号が目立つ。

尾張町を横切って、三十間堀を渡り万年橋へ行く途中に采女《うねめ》ケ原がある。

原は馬場で、今日も馬の足ならしをしている武士の姿がみえた。

采女ケ原のふちは、いつの頃からか講釈師浄瑠璃《じようるり》の掘立《ほつたて》小屋が並んでいて、往来の人を呼び込んでいる。

「昼は賑《にぎ》やかですが、夜は寂しくなります」

龍平がいった。

采女ケ原のはずれに会席料理屋が二軒。万年橋を渡ると武家地であった。

大名の下屋敷もあるが、主として旗本や御家人の屋敷で、その間を抜けると西本願寺になる。

寺の土塀のへりを行くと海の匂いがして来た。

「隼どのは、足がお早いですな」

龍平が少々、息を切らしながらいった。

「大竹金吾も申していました。失礼ですが、今までの内与力の方々とは、だいぶ違うと……手前もそう感じていました」

新八郎は気がついて、足をゆるめた。

「貧乏性なのだろう。走り廻る他に能がないと、よく御奉行にいわれているのだ」

又、橋に出た。

備前橋である。

海が近いせいか、この辺りは堀割や川が多かった。

新八郎と龍平が歩いて行く道の片側も裾《すそ》広がりの堀割になっている。

武家屋敷が終わって、漸く町屋へ出た。

南飯田町である。

埋め立てで出来た土地で、そう大きな家はない。

荷揚げ場の近くは倉が並んでいた。

寒橋の袂には干魚を売る店があった。

橋を渡って明石町に入るところは広い空地になっていて材木が積んであったり、漁夫の網の干《ほ》し場があったりする。

「あれが、海手屋です」

龍平が教えたのは、やや大きな店がまえの家であった。

店の前はやや広い道で、そのむこうは石垣が波よけに築いてある。

石垣についた石段を海へむかって下りて行くと舟着場がいくつもあって艀が係留されていた。

赤銅色の肌をした男達が艀から荷を運んでいる。

荷車が何台もとまっていて、それは艀から上がって来た荷を積んで行くものとみえた。

紺地に「海手屋」と染め抜いた暖簾《のれん》をくぐって、新八郎は店へ入った。

広い土間があり、そのむこうの板敷に帳場格子があって、初老の男が帳つけをしている。

入って来た新八郎に怪訝《けげん》な顔をしたが、あとに続いた龍平をみると、丁寧に頭を下げた。

「お出でなさいまし」

立ち上がって前掛をはずしながら、板敷のほうへ出て来た。

「海手屋の主人、久兵衛でございます」

新八郎に告げ、龍平は久兵衛にむかって、新八郎の身分を話している。

「どのような御用かは存じませんが、何卒《なにとぞ》、お上がり下さいまし」

通されたのは、帳場の奥の座敷であった。

久兵衛が手代に声をかけ、その男が廊下のむこうへ消えると、若い娘が客用の座布《ざぶ》団《とん》を運んで来た。

「むさくるしいところでございますが……」

床の間の前に座布団を並べさせて、久兵衛が新八郎へいった。

「娘のお香にございます」
十七、八だろうか、小柄で如何《いか》にも愛くるしい娘であった。
結綿《ゆいわた》に結い上げた髪の赤い手絡《てがら》がよく似合っている。

「わざわざ、お出で下さらなくとも、御用でございましたら、どこへなりと参上いたしましたものを……」

如才《じょさい》なく挨拶して、久兵衛は煙草盆をすすめた。紬《つむぎ》の着物に角帯を締めている姿は商家の主《あるじ》だが、面《つら》がまえには精悍《せいかん》なものがある。

海手屋

海手屋の奥座敷は海へ向かっていた。

庭は砂地で植木はなく、その代わりに大小さまざまの庭石が巧みに配置され、その先にかなり高い板塀がある。

「海からの風が強うございますので……」

と久兵衛はいった。

成程、ひゅうひゅうという風のうなり声が聞こえる。

「当家は大名家御用をも承っているそうだが……」

新八郎が改めて口を切り、久兵衛が如才なく答えた。

「手前共では阿波《あわ》と仙台の御用船の御用を仰《おお》せつかって居ります」

「すると、御用船が入る日は、あらかじめ各々の江戸屋敷より知らせがあるのか」

久兵衛がうなずいた。

「おおよその日取りは、お知らせがございます」

障子が開いて、先刻のお香という娘が茶を運んで来た。

新八郎がさりげなくみていると、高丸龍平に対するそぶりに初々《ういうい》しい色気が感じられる。

龍平のほうはそれに気がついているのかどうか、彼の表情からはなにも読み取れない。

「ただ、お知らせがあると申しましても……」

お香が去るのを待って、久兵衛が続けた。

「やはり海路のことでございますから、必ずしも予定通りには江戸表へ入っては参りません。それに阿波様は大川口に停泊と決まって居りますが、仙台様のほうは大方は品川沖でございまして、積荷によっては、もしくは風向きに応じて、大川口へ入って参ります」

「すると、どうなるのだ」

品川沖へ行くべき船が大川口に入った場合、海手屋がどうするかであった。

「別に、慌ても致しません」

久兵衛が微笑した。

「手前共でも、若い者をいつも物見に出して、大川口を見張らせて居ります」

御用船は帆柱にも、舳先《へさき》にも藩主の家紋を染めた旗印を立てているので、すぐに判別出来る。

「早速、お出迎え旁《かたがた》、手前共から御挨拶に参ります。その折、甲板にて荷揚げについて、細かなお指図がございますから……」

むこうの命令通りに、海手屋から艀が向かうことになる。

「では、このたびの場合は、どうであったのか」

風のために、仙台からの御用船は大川口に入り、碇を下ろした直後に海賊舟に襲われた。

「それが……」

かすかに眉《まゆ》を寄せ、久兵衛が高丸龍平をみた。

「その件につきましては、すでに高丸の旦那に御知らせ申して居りますが……」

高丸龍平がうなずいた。

「今一度、隼様に申し上げろ」

さすがに本所方だけあって、高丸龍平は御用船襲撃事件の直後に、海手屋から事情を訊いていたようである。

「あの夕方、海は早く暮れて居りました」

嵐のせいで、夜になるのが早かったと久兵衛はいった。

「あらかじめ、仙台様の上屋敷より、このたびの御用船は品川沖へ入る手筈《てはず》であるが、なにかの折には頼むとお話がございまして、手前共では物見の者にもその旨《むね》、いいきかせ、数日前より沖を見張らせては居りました」

江戸の沖を嵐が通り過ぎた夕方に、物見は荒波を乗り切って大川口へ姿を現した伊達家の船を発見し、店へも知らせが来た。

「早速手前も身支度をし、船まで御挨拶に参ろうとしている矢先、はやばやとお使いが来まして、とりあえず大川口に寄せたが、風向きを待って品川へ参る故、荷揚げはしない、舟の用意には及ばぬとの仰せでございました」

そういうことは今までになかったので、久兵衛は少々迷ったといった。

「これまでは大川口に入れば、大川口にて荷揚げと決まって居りました。それで、荷揚げの御用命はなくとも、御挨拶にうかがうべきかと番頭どもと相談を致し、御無事御到着のお祝酒などを船上まで持参申し上げたいとお使いに申しますと、無用にせよとのことでございました」

止《や》むなく久兵衛は沖の御用船に対して、海手屋のほうは一切、かかわりなしにすることに決めたという。

「夜になりまして、御用船が海賊に襲われたと聞きまして、仰天致し、直《ただ》ちに御見舞いに舟を出しましたのでございますが……」

ちらと高丸龍平をみた。

「後に、高丸の旦那にうかがいましたことでは、仙台藩の御用船から、手前共へ使いをよこしたというのは、誰方《どなた》もあずかり知らぬと仰せでございまして……」

新八郎も龍平をみた。

「すると、使いは……」

龍平が腹立たしそうに答えた。

「偽者だったと申すことでございましょうか」

「まことに奇怪なことで……」

久兵衛も忌々《いまいま》しげであった。

海手屋としては、そのために出迎えにも行かず、面目を失したことになった。

「その偽の使いは、書状を持って来たのか、それとも口上で申したのか」

「口上でございました」

用件は、口頭によって海手屋に伝えられたものである。

「使いの風体、年頃などは……」

「立派なお侍でございました。紋付の御紋は抱き茗荷《みようが》で……左様、中肉中背の、お年頃は四十二、三、容貌はやや角ばった感じでございました」

その侍の様子にも言葉つきにも格別、可笑《おか》しなところはなかったといった。

「その侍は舟で来たのか」

海手屋の海側には石垣に沿っていくつもの舟着場がある。

「いえ、お帰りの時にお見送り申しましたところ、備前橋を渡ってお出でになりました」

「供は……」

「若党が一人、ついてお出でになりました」

海手屋が欺《だま》されても仕方がないほど、偽者には不審な点がない。

訊ねることがなくなって、新八郎は海手屋を辞した。

店を出る時、久兵衛の娘のお香がさりげなく土間へ下りて来たが、彼女の視線は、やはり高丸龍平に注がれている。

「よくよくだな」

海辺の石垣のところまで行って、新八郎は呟《つぶや》いた。

高丸龍平が、新八郎の顔をみて首をかしげる。

「なに……海賊のことだ」

御用船襲撃は、あらかじめ充分に計画を練って行われたものだと、新八郎はいった。

「そうでもなけりゃ、ああ、都合よくは行くまい」

海手屋へ使いをよこしているのなどは、芸が細かい。

「襲撃する前に海手屋の艀が来ては具合が悪いからだろうが……よく行き届いたものだ。敵ながら、あっぱれだ」

「手前共は、そうもいっては居られません」

龍平が海を眺めて苦々《にがにが》しげにいった。

「一日も早く、海賊の手がかりを突きとめねばなりません」

「そいつは、わかっているが」

海のほうを指した。

「御用船の停っていた場所だが、こっちからみると佃島のむこうだな」

島が邪魔になってみえない筈であった。

「海手屋の物見は、どの辺に出るのだ」

「この先の南本郷町と申すところです。すぐ隣が軍艦操練所で……」

小さな物見の小屋があって、そこからは大川口が見渡せる。

「そこまで行ってみるか」

新八郎が歩き出すと、高丸龍平もついて来た。

本所方ではあるが、この付近はよく知っているらしい。

もっとも、大川に入って来る舟にかかわって暮らしを立てている者の多い土地であった。

本所の船方の同心としては、役目上、知らないではすまされないのかも知れなかった。

南本郷町は一丁目と二丁目に分かれていて、一丁目が海へ向かっていた。

武家屋敷もあるが、大方は小さな町屋であった。

海産物を商う小店がいくつかある。

町としては、まことに小さなものであった。

海手屋の物見は、海辺の石垣の内側に楼を組んだような小屋があって、そこにいつも二人が交替で張り番をしている。

新八郎と龍平が行った時に、小屋にいたのは、七十近い老人であった。

治助という、漁師上がりで、数年前から神経痛を患《わずら》って海へ働きに出るのを断念し、海手屋にやとわれて、ここの番人をしているといった。

「あの夕方は、空も曇って居りました」

季節はずれの嵐と、陸上の人間はいうが、

「海で働いて居りますと、今時分よくあんなふうに荒れるものでございます」

春三月あたりから、大きな風が吹き、夏にやって来る嵐の前触れみたいな荒天が江戸の沖を襲うことは珍しくないらしい。

「仙台様の御用船が入って来るのは、ここからみえたのか」

それは、よくみえましたという返事であった。

「御用船の中でも、仙台様はとりわけ、立派な四本柱でございます。嵐の海でも、すぐ見分けがつきますくらいで……」

それだけの立派な御用船も、あの夕方、この沖へ入って来た時には、惨憺《さんたん》たる有様だったらしい。

「帆はなかば下ろして、それでも風にもまれて居りました」

よろめきながら江戸の沖へ入って来たという恰好で、

「この風向きでは、おそらく大川口へ入って来ると存じまして、悴《せがれ》を海手屋まで走らせました」

小屋のすぐ近くに、治助の住居がある。

「すると、あんたは海賊が御用船を襲ったのをみているのか」

かなり遠い距離だが、今、新八郎が眺めている沖の彼方にあまり大きくない帆船が大川口へ向かっているのがみえる。

「海賊とは、ゆめにも思いませんで……」

治助が申しわけなさそうに、うつむいた。

「今日のように、よく晴れて見晴しのよい日ではございません」

ぼつぼつ夜になりかけて、海上はすでに暗かった。

「けれども、御用船は篝火を焚いて居りますし……」

ここからも、その火がみえた。

「艀のような小舟が海へ出て行き、大川へ戻るのも、しかとではございませんが、目に致しました」

てっきり、海手屋の艀と思っていた。

御用船の到着を海手屋へ知らせた治助は、偽の使いが来て、海手屋から艀が出なかったことを知らなかった。

御用船の甲板での殺掠《さつりやく》は、暗いのと遠いので、治助からは見えない。

「なんともお詫びの申しようもございませんで……」

物見小屋にいながら、御用船襲撃を知らなかったことを、治助は恥じていた。

「長いこと漁師をして、少しは遠目のきくのを自慢にして居りましたのに、耄碌《もうろく》したといわれても仕方がございません」

さすがに口惜しげであった。

「いやいや、そりゃ無理というものだ。爺さんの立場なら、誰だって、爺さんと同じように判断しただろう。耄碌じゃねえ。運が悪かっただけだ」

新八郎が治助を慰めた。

「長いこと漁師をしていると、遠目がきくのか」

「へえ、海で働いている者は、みな左様に申します。毎日、沖のほうをじっとみていると、遠目がきくようになるとか……」

「そいつは知らなかったな」

物見小屋を立ち去る折にいった。

「もし、仙台様の御用船が襲われた夜のことで、なにか思い出すことがあったら、知らせてくれ。南町奉行所へ来て、隼新八郎といって呼べば、必ず、俺が出て来る」

帰りは、南小田原町を抜けて、本願寺の前へ出た。

築地の本願寺は京都の西本願寺の出張所ともいうべきもので、最初は浅草橋内の横山町あたりに創立したが、明暦《めいれき》の大火で焼失し、そのあとこの築地に移ったものである。

寺の地所が一万三千坪余り、六十の支院があるという。

三の橋へ出たところで八丁堀へ帰って行く高丸龍平と別れて、新八郎は南町奉行所の役宅へ戻った。

町奉行所の与力、同心の大方は八丁堀の組屋敷内に住んでいるのだが、隼新八郎のような奉行直属の内与力は、奉行と同じく、奉行所の内にある役宅に起居している。

その役宅へ戻って来ると、妻の郁江《いくえ》の兄に当たる神谷鹿之助が来ていた。

父親の神谷伊十郎は新御番組頭で、長男の鹿之助は目下見習いとして出仕しているので、比較的気ままが出来る。

当人も生真面目《きまじめ》な役所勤めよりも、江戸の市井《しせい》の出来事のほうに好奇心があり、時には友人であり、義弟でもある新八郎の手助けをするのを生甲斐《いきがい》に思っているようなところがあった。

生来、やや短気だが、情に厚い。年齢は新八郎より二つ上の二十七歳であった。

「江戸に海賊が横行するそうではないか」

戻って来た新八郎の顔をみると、すぐにいった。

「いつ、江戸が海になったのだ」

「駿河台あたりに生まれ、育っているとわからぬが、江戸は水路の町だな」

千代田城から海のほうへ向いて行くと、川や堀割の多いのに驚くと新八郎はいった。

「本所深川が川ばかりなのは承知していたが、江戸の南側は川だらけだ」

今日、歩き廻った京橋築地にしたところで、ちょっと歩けば川があって、極端な場合は町全体を川と堀割が取り巻いていたりする。

「奉行所の中に、定橋掛があるのが当然だ」

専任の与力と同心がいる。

「橋の袂には橋番屋がある。今日だとて、いくつ橋を渡ったか」

「それだけ、江戸が繁華なのだ」

大坂にしたところで、諸国から入って来る商品も産物も多くは船によってであった。

陸地を運ぶよりも人力を使わないし、面倒がない。

「大坂の商いが、今は江戸に移ったといわれているそうだ」

江戸は武士の町、大坂は商人の町といっても、やはり公方様のお膝元《ひざもと》での取引が増えて来た。

「早い話が白木屋だ。近江商人が江戸で商売をし、今では江戸の店が本家を支えているというからな」

郁江が酒を運んで来た。

あらかじめ、兄の鹿之助にいいつけられていたらしい。

日頃、新八郎は屋敷では殆ど酒を飲むことがない。

酒肴《しゅこう》をいいつけるような来客も、そう多いほうではなかった。

神谷鹿之助は例外の一人である。

「まあ、どうだ」

自分の屋敷のような顔をして、徳利の酒を新八郎の盃に注ぎ、自分は手酌で飲んだ。

「仙台藩の御用船を襲った賊についてては、まるで手がかりはないのか」

「今のところは、ない」

ただ、歩き廻って気がついたのは、盗みが行き当たりばったりの思いつきではなく、用意周到に計画されたものだという点であった。

「それは、御用船をねらうからには、それだけの準備をするだろう」

商人の積荷を襲うのとは訳が違うと鹿之助はいった。

「そうなのだが……」

「なにか気になるのか」

「まだ、なんともいえないのだ」

このところ、奉行所の記録を調べていると新八郎はいった。

「川筋を荒らす海賊についてだが……」

もっとも跳梁の激しかったのは三、四年前までで、

「奉行所から何度も手入れがあって、次第に被害が少なくなった」

海賊の一味が次々と捕えられ、お仕置になって、さしもの盗人達もなりをひそめたような時期があった。

「昨年あたりから、また、ぼつぼつ、お届けがある」

大川の積荷を運ぶ舟が襲われたり、或いは川沿いの蔵に盗《ぬす》っ人《と》が入ったりしている。

が、たいしたものではなかった。被害額もそれほど大きくはない。

「幽霊舟なんぞ仕立てやがって、芝居じみて来たのが、今年になってからのようだ」

夜、大川を往来する舟が、幽霊舟をみて仰天して船頭以下が川へとび込み、命からがら逃げてしまう。朝になって戻ってみると積荷どころか、舟までなくなっていて、盗っ人の仕業だったと気がつく。

更には、やはり幽霊舟をみて驚いているところを別の舟で漕ぎ寄せた盗賊によって川へ突き落とされたり、殺されたりして、積荷を奪われるものも出て来た。

そうした幽霊舟の噂が高くなったところで、今回の伊達家の御用船の襲撃、強奪事件だったと新八郎はいった。

「すると、どういうことだ」

「わからんが、なにかそのあたりに謎を解く鍵があるのかも知れん」

盃をおいて、新八郎が思い出したように訊いた。

「おぬし、徳島藩に知り合いはないか」

「突然、奇妙なことをいい出したな」

苦笑して、しかし、神谷鹿之助はこの幼い頃からの友人の気性《きしょう》をよく知っていた。

「御当主は松平阿波守治昭公、尾張から入って蜂須賀家を継いだお方だ」

奥方は井伊家の姫で、すでに幕府にお届けずみの嫡男、蜂須賀万千代昭昌が居るといった。

「御屋敷は、どこだ」

「上屋敷が鍛冶橋内」

「それは知っている」

「中屋敷は三田四国町、それに南八丁堀。下屋敷が本所小名木川と深川八幡前……」

「本所と深川か」

新八郎が手酌で飲んだ。

「それが、なにか」

「いや、海手屋という荷揚げ屋で訊いたのだ。阿波からの御用船も大川口へ入って来るそうだ」

下屋敷が本所と深川にあるのなら、当然であった。

「蜂須賀家は二十五万七千五百石、阿波淡路を領地としているから、御用船も多かろう」

江戸へ出るのは勿論《もちろん》、大坂にも船に乗らなければならない。

「阿波の特産は藍玉《あいだま》だ」

鹿之助がいった。

「阿波の藍玉屋はすべて藩の御用商人だ。江戸にある藍商丁組問屋も藩と深くかかわり合っているそうだ」

とりあえず、徳島藩には知り合いといわれても、これといって思い出せないが、

「藍玉問屋なら、少々、知っている」

上柳原町の阿波屋重兵衛だといった。

「上柳原町だと……」

今日、新八郎が歩き廻った土地であった。

海手屋のあるのが明石町、その店の物見小屋の所在地が南本郷町、上柳原町はその二つの町の中間にある。

「俺はよく知らないが、上柳原町に藍玉問屋は五軒あるそうだ」

播磨屋九兵衛というのが一番古く、熊野屋伝右衛門、阿波屋重兵衛、藍屋直四郎、嶋屋善兵衛で、

「阿波屋が一番、藩と深いかかわり合いがある」

実をいうと、重兵衛の娘が大奥御奉公に上がるについて、鹿之助の母の左尾が里方から頼まれて身許引受人になったことがあるといった。

「その娘も、もう奉公を下《さが》って嫁入りをしたそうだが、その縁で今でも、俺のところ

には阿波屋から中元や歳暮が届くのだ」

「では、その阿波屋で訊いてもらいたいのだ」

蜂須賀家の御用船は年に何回ぐらい江戸へ来るのか、その時期は、そして、次の御用船が江戸へ到着する予定は……。

「承知した。早速、訊いてみよう」

張り切って鹿之助が帰ってから、新八郎は行灯《あんどん》の灯《ひ》を近づけて机にむかった。

奉行所から借りて来た江戸表へ入る船の記録であった。

諸藩の御用船だけではなく、積荷を満載して江戸の沖へ入って来る荷船の数は少なくない。

夜が更《ふ》けて、郁江がそっと茶を運んで来た。

「まだ、おやすみにはなりませんか」

甘えたように訊いた。

「至急、調べねばならぬことがあるのだ。そなたは先にやすみなさい」

机から顔も上げずにいった新八郎へ、郁江は小さく、

「はい」

と答え、足音を忍ばせるようにして去って行った。

新婚間もなくの妻を不愍《ふびん》と思わないではなかったが、新八郎の気性としては、心に浮かんだことを片づけないでは眠るわけには行かない。

記録をみては、右手においた帳面に小さな数を書いて行く。

障子のすみに夜明けが感じられる頃、漸く書類を閉じた。

ふっと息が唇を洩《も》れる。

江戸表へ入って来る船は例外なしに春から夏、そして秋までが圧倒的に多かった。

冬はぐんと少ない。

殊に東北の海を廻って来る船は、冬を避けているようであった。

理由は風であった。

風向きが江戸へ向かうのにむいていない。

海も冬のほうが荒れた。

大事な積荷を無事に江戸まで運ぶためには、より安全な航海をえらばねばならなかった。

それには、冬は適していない。

西からの船は、それほど冬を避けることはないようであった。

一月、二月に入って来る船が比較的、少ないのは暮に商売の決算が終わって一段落するせいのようである。

一般的に考えても、正月のための買い物は暮に終わってしまって、人々の暮らしの中でも金の動かない時期でもあった。商家も一月なかばに藪入《やぶい》りといって奉公人に休みを与えるくらいで、まず暇なのかも知れない。

なんにせよ、冬は江戸表に入って来る船の数がぐんと減るのは、北東から来る船は気象上の理由、西からのはむしろ、商売上の理由によるものと判断してよさそうであった。

すると、この前の仙台からの御用船はこの春一番の荷を積んで来たのかも知れなかった。

久しぶりに江戸へ入って来た船が、海賊にねらわれたということになる。

奥へ行って横になったが寝つかれない中に朝になった。

が、一夜や二夜、ねむらなかったからといって、それが顔に出る男でもない。

いつものように奉行所へ出仕すると、用人の高木良右衛門のところに、仙台家の侍が来ていた。

無論、表立ってではなく、その後、海賊についての手がかりがついたかを訊ねに来たものである。

「盗賊が捕っても、積荷のすべてが戻るとは思えませぬが、今のままでは伊達家の威信にもかかわり申す」

困惑し切っている仙台藩江戸お留守居役の配下大伴勘五郎に、隼新八郎は訊ねてみた。

「先だっての御用船は、もしや今年、はじめて江戸へ参ったものではございませぬか」

大伴勘五郎が合点した。

「左様、冬の間は海が時化《しけ》るとやらで、毎年、江戸の桜が終る頃に一番船が参りますので……」

「次の御用船は、いつ頃、江戸へ参られますか」

「本来なら、ひき続き二番船、三番船と入って来る筈でござるが……」

江戸の沖に海賊が横行するとあっては、安心して入港も出来ないと、大伴勘五郎は嫌味《いやみ》をいった。

「それとも、品川沖ならば安心だとでもいわれるのか」

相手にならず、新八郎は更に訊ねた。

「伊達家御用船においては、大川口より荷揚げの場合、海手屋にお役仰せつけられる由、その海手屋には、いつ頃から御用命であったか、御存じですか」

「しかとは存ぜぬが、少なくとも十年以上、海手屋に申しつけて居る筈じゃが……」

「特に海手屋に御用仰せつけられた理由は」

「それは知らぬ。おそらく、江戸屋敷の誰も存ぜぬであろうが……」

なにか海手屋に関して問題があるのかと問い返されて、新八郎は涼しい顔で答えた。

「何事も探索のため、念のためにお訊ね致しただけでございます」

大伴勘五郎が帰ると、新八郎は用人に断って奉行所を出た。

足をむけたのは本所深川で、とりあえず数軒はある荷揚げ舟の元締を廻って海手屋の評判を訊くつもりであった。

永代橋を渡って、深川佐賀町の船頭源七の家へ足を向けたのは、商売柄、彼なら荷揚げ舟に関してもいろいろと話が訊けるのではないかと思ったからであったが、その気持のどこかにお小夜を意識しなかったといえば嘘になる。

この前、御用船の停泊していた所をみるために、源七の案内で新八郎が出かけた時、一緒について来たまではよかったが、海に出て波が高くなったのが運のつきで忽《たちま》ち酔ってしまった。

恥も外聞もなく、舟ばたからげえげえやっていたが、美人とは得なもので、そんな姿も新八郎にはいじらしくみえた。

あの折、お小夜を送って行った路地を入ると、すぐの井戸端で洗いものをしていた若い女が慌てて立ち上がって髪にかぶっていた手拭《てぬぐい》をはずした。

お小夜であった。

甲斐甲斐しい襷《たすき》がけで二の腕まで高くまくり上げているのが、新八郎の目には少々、眩《まぶ》しい。

「その節は厄介になった」

先に新八郎がいった。

「今日は源七に用があって来たのだ」

「お父つぁんは出かけて居りますが、もう帰る頃でございます。むさくるしいところでございますが、お待ち下さいますか」

赤くなった顔で、しかし、はきはきといった。

「待たせてもらって、かまわないか」

「どうぞ、お上がり下さいまし」

井戸端から突き当たりの家まで先に立って歩いた。

格子戸を開け、先に入って座敷に案内する。

座敷といっても居間に使っているらしい六畳で長火鉢《ながひばち》には鉄瓶がかかっていて、その前に木綿の座布団がおいてあるのは、父親のものだろう。

「こんなところで申しわけございませんが……」

押し入れから客用の座布団を出して新八郎にすすめると、台所へ行って茶の支度をしている。

壁ぎわには半纏《はんてん》が衣紋《えもん》かけにかけてある。

片すみの箪笥《たんす》の上には針箱と縫《ぬ》いかけらしい浴衣《ゆかた》の反物《たんもの》がきちんと折りたたんでのせてあった。

父親と娘だけの暮らしが、部屋のそこここに感じられて、新八郎には微笑《ほほえ》ましかった。

外を蜆売《しじみう》りの呼び声が通って行く。

恋人

台所で茶の支度をしながら、お小夜は気がついて襷をはずした。

水甕《みずがめ》の蓋《ふた》を取って、のぞいたのは、ろくに化粧もしていない自分の顔を水鏡に映《うつ》してみたかったからである。

こんなことなら、せめて紅《べに》だけでも装《よそお》っておけばよかったと思いながら、化粧道具がおいてある自分の部屋へ行くには、新八郎を通した居間を抜けなければならず、お小夜はがっかりしながら、客用の茶碗をお盆にのせて台所を出た。

新八郎は物珍しそうに、狭い部屋の中を眺め廻している。

入って来たお小夜をみると、すぐにいった。

「手間をかけてすまなかった。用事があるなら、かまわず済ませてくれ」

お小夜は漸くの思いで、かぶりを振った。

「いいえ、別にいそいでしなければならないことではございませんから……」

少しでも、その人の傍にいたいような、化粧もしていない自分が恥ずかしいような、複雑な気持であった。

「話相手をしてくれるか」

「はい」

思わず笑顔になって、お小夜はうつむき、いい直した。

「なにか、お訊ねになりたいことでも……」

「源七と二人暮らしなのか」

「はい」

再び、お小夜は顔を赤らめた。

新八郎が訊きたいのは、自分のことについてなのかと思う。

「おっ母さんはあたしを産んで、すぐに死んだそうで、ずっとお父つぁんが育ててくれました」

「源七は後添《のちぞ》えももらわなかったのか」

「ええ」

そんな相手もいなかったと、源七は後妻をもらわなかった理由について、お小夜にも話していたが、お小夜は自分に継母の来るのを父親が不安に思ってやもめを通したのではないかと考えている。

「その時分、源七はまだお上《かみ》の御用をつとめていた筈だが、御用で出かける時なぞ、赤ん坊をどうしたのだ」

「それは、お柳叔母さんが近くにいましたので、叔母さんが来て面倒をみてくれました」

お柳のほうには子供がなかった。

「すると、源七は随分、苦労してそなたを育てたわけだな」

しんみりと新八郎がいい、お小夜は胸が熱くなった。

たしかに、男やもめが赤ん坊を育てるには並大抵ではない苦労があったに違いないと思うが、お小夜は父親の口から、そうした昔話を聞いたことがない。

なにしろ物心ついた時から父親と二人きりの暮らしであって、父親が留守の時など寂しかったような気もするが、それに馴れてもいた。

六つ、七つになってからは、お小夜が飯の支度もしたし、夜の御膳はどんなに遅くなっても、源七が帰って来るまで食べないで待っていた。

だから、そういう時の源七は飛ぶように路地を戻って来て、その足音でお小夜は表に出て父親を迎えたのであった。

「わしは昨年まで母が健在だったから、母のいない寂しさは知らずに育ったのだが」

ぽつんと新八郎がいった。

「殁《なくな》られてみると、もっと親孝行をしておけばよかったと思う。後悔先に立たずだがな」

ひっそりしてしまったお小夜の気持をひき立てるようにいった。

「そなたの親孝行は、さしずめ良い婿《むこ》を迎えて、早く源七に孫の顔をみせてやることかな」

相手はいるのか、と新八郎が訊き、お小夜はむきになって否定した。

「ございません。そんなふしだらなこと……」

「婿を迎えるのが、ふしだらなことではあるまい」

「でも、いやでございますから……」

「まさか、男嫌いではあるまいが……」

「男嫌いでようございます」

「もったいないことを。緋桜小町に岡惚れの男どもが肝《きも》を潰《つぶ》す」

「御冗談はよして下さい」

格子戸の開く音がして、お小夜は腰を浮かした。

「お小夜、客人か」

源七の声に、出て行ったお小夜が、

「隼新八郎様です」

と告げているのが聞こえて来る。

「これは、このようなところに……」

慌てた様子で源七が入って来た。

「留守にして居りまして、申しわけございません」

「なに、勝手に来たのだ」

明るい調子で新八郎が制した。

「ちと思いついて、源七父《とっ》つぁんに訊いてみようかと出て来た」

「左様で……」

源七が少しばかり苦笑した。

「実は、先だって沖へお供を申したことを、高丸の旦那からお叱りを受けましたんで……」

「高丸龍平が……」

「隼様は大事な御身分故、狸の泥舟にお乗せ申して、もし、舟がくつがえったらなんとするとおっしゃいました」

「狸の泥舟はないだろう。あれは滅法、舟足が速かった」

おそらく、源七の自慢の猪牙だと新八郎は察していた。

「第一、わしはこうみえても水練は達者なほうだ。あの程度の海なら、なんとか岸まで泳ぎつく」

高丸龍平は奉行の直属の部下である新八郎の身分を、そんなふうにこだわっているのかと思った。

「ところで、手前にお訊ねとおっしゃいますのは……」

新しく茶を運んで来たお小夜に、お前はむこうへ下っているようにといい、改めて源七が新八郎をうながした。

「大川口に諸国からの廻船が到着した時、積荷を運ぶ艀のことだが……」

その宰領《さいりょう》をする店は本所深川にどのくらいあると新八郎は訊いた。

「左様でございますな。深川では早船屋に大川屋、本所では湊屋《みなとや》がございましたが、早船屋は身代争いをして潰れてしまい、大川屋も湊屋も昔の勢いはございませんようで……」

「それは、川むこうの海手屋にかかわりのあることではないのか」

「御存じでございましたか」

源七が茶碗を手に取った。

「海手屋は、それほど商売上手《じょうず》なのか」

昨日、対面した海手屋久兵衛の精悍な面がまえを思い出しながらいった。

「なんと申しましょうか。海手屋の遣《や》り方には、なりふりかまわぬところがあるようで、本所深川ではあまり良くは申しません。けれども、商売は上手な者の天下でございまして、お得意様を奪われたほうがなにをいっても負け犬の遠吠《とおぼ》えと申すものでございまして……」


「すると、仙台藩や阿波藩の御用船は最初から海手屋というわけではなかったのだな」

伊達家の江戸屋敷の侍が、およそ十数年前から海手屋になったと答えていた。

「伊達様は、大川屋、蜂須賀様は湊屋が御用を承って居りました。今から十五、六年前のことでございます」

どちらも、海手屋に大事なお得意様を奪われたことになる。

「海手屋の主人、久兵衛はなにをしていた男なのだ」

「よくは存じません。船頭上がりだという者もございましたが……」

江戸の人間ではないといった。

「生国は西の方だということでございます」

いつ、江戸へ出て来たのかもわからない。

が、かなりな資金を持って海手屋の看板をあげたことだけは間違いがなさそうであった。

「謎の多い男なのだな」

「しかし、川むこうでの評判は悪くないようでございます」

海手屋のある明石町やその界隈《かいわい》のことであった。

橋が嵐で流されたといえば、大金を投じてかけ替えをさせ、町民達に喜ばれた。

「景気がよいからでもございましょうが、佃島の漁師などの面倒もみているとか」

「久兵衛に関して、よく知っている者はいないのか」

「おそらく、ございますまい」

商売のつきあいは広いが、自分の過去については、全く人に語らないことで有名だといった。

半刻《はんとき》（一時間）ばかりで、新八郎は源七の家を出た。

深川の大川屋へ行くというと、お小夜が父親の顔色をみるようにしてそっといった。

「そこまで、御案内してもいいでしょう。ついでにお父つぁんの好きなお団子を買って来ますから……」

源七が苦笑した。

「なにいってやがる。手前が好きなくせに、なんでもお父つぁんのせいにしゃあがる……」

新八郎は父娘のどちらへともなく頭を下げた。

「それは助かる。なにしろ、本所深川は不案内だ」

高丸龍平でもいてくれればいいのだが、今朝は奉行所で彼の姿をみなかった。

いそいそといった感じで、お小夜は新八郎について来た。

大川屋は富岡八幡の近くにあるという。

そっちの方角へ行くと、すぐ門前町になった。

参詣《さんけい》客をあてにして饅頭や団子を売る店があり、小間物屋、下駄屋、端布屋と並んでいる。

思いついて、新八郎はお小夜に訊いた。

「そなたが髪の道具などを買うのは、どの店だ」

「花菱ですけれど……」

お小夜が教えたのは、小ぎれいな店であった。

櫛《くし》やかんざしを並べている。

つかつかと新八郎が店へ入り、驚いたようにお小夜が追って来た。

「櫛を買いたいのだが……」

店にいた初老の亭主にいうと、棚から平たい箱をいくつも出して並べた。

塗り櫛が色とりどりにおさまっている。

「おいくつぐらいのお方のでございますか」

亭主に訊かれて、新八郎はお小夜をふりむいた。

「この人ぐらいの年恰好だが……」

「それでは、このあたりのお品がよろしいようで……」

さし出された箱をのぞいて、新八郎がその中の三つばかりをえらび出した。

「そなたなら、この中のどれがよいと思う」

訊かれて、お小夜は千鳥の蒔絵《まきえ》をほどこした櫛を指した。なんとなく、胸の中がもやもやしていた。

新八郎が誰のために櫛を買うのかと思う。彼から櫛を受け取る女が、ひどく羨《うらやま》しい気がした。

千鳥の蒔絵の櫛を、新八郎は無雑作に金を払って包ませた。

それを持って表に出る。

「さて、団子屋はどこかな」

源七に買うのではなかったかといわれ、お小夜は富岡八幡宮の境内《けいだい》にある、その店まで行った。新八郎は面白そうについて来る。

茶店であった。

縁台へ腰を下ろして、新八郎は二人分の団子を注文し、別に十本ばかり包んでくれといった。

「源七が好きな団子を、わしも食ってみたかったんだ」

そういう時の新八郎は悪戯《いたずら》をみつけられた子供のような表情になって、つい、お小夜も釣り込まれて笑ってしまう。

少し離れて縁台に並んで、お小夜はやっと袂の中から布にくるんだ印籠を取り出した。

「もっと早くにお返し申そうと存じましたが、折がなくて……」

この前、お小夜が舟で酔った際に、新八郎がおいて行った印籠であった。

「ありがとうございました」

源七が高丸龍平にことづけて、新八郎に返してもらうといったのを、お小夜は父親にかくして、鏡台の奥へしまっておいた。

いつか、新八郎に会える日があるように思えたし、せめて自分から礼の言葉と一緒に彼の手へ戻したいと思ったからである。

新八郎はあっさり印籠を受け取った。

団子と茶が運ばれて、二人は言葉少なにそれを食べた。

その間に、新八郎は大川屋がこの先の入船町であることを、お小夜から訊き出した。

茶店の勘定を払い、団子の包みをお小夜に手渡す時に、新八郎はその上に先程の櫛の包みをのせた。

「いくら、わしが土地不案内でも、ここからはわかる。いろいろとすまなかった。これは駄賃のかわりだ」

お小夜があっけにとられている中に、新八郎はすたすたと入船町へ向かう小道を入って行った。

この前から源七にはいろいろと世話をかけている。なにか礼をしたいと思い、それでお小夜に櫛を買ってやったつもりだったが、どうも照れくさかった。

相手が緋桜小町と呼ばれる美人だけに、妙な下心があると思われるかも知れない。

そんなことを考えるのは、新八郎がお小夜に関心のある証拠のようなものだが、彼自身は、そのことに気がついていなかった。

入船町は水路をへだてて木場の材木置場と向かい合っている。

大川屋はその材木置場とは反対側のほうに店をかまえていた。

店そのものは大きいが、外からみても活気がなかった。人の出入りもそう多くはない。

店を眺めただけでも、新八郎には源七の言葉通りだと納得がいった。

そのまま、永代寺門前町へ戻って来る。

この町の海側に蜂須賀家の下屋敷があった。

屋敷の前は大川からの水路になっている。

蜂須賀家の下屋敷はこの近くにもう一つあったと思い、ついでに新八郎は足をのばした。

小名木川沿いに東へ向かう。

横川にかかっている扇橋を渡って、更に小名木川をさかのぼって行くと、あたりは田畑になった。

あとで知ったことだが、その辺は八右衛門新田と呼ばれるところで、江戸もここまで来ると見渡す限り百姓地であった。

蜂須賀家の下屋敷はそんな中にあった。

敷地は広いし、門の前が小名木川で、大川から小名木川へ舟を入れて来ると、ここもなかなか便利な場所になる。

なんにしても、二つの下屋敷がいずれも本所深川にある蜂須賀家が、川むこうの海手屋へ積荷運搬を命じたというのは、源七がいうように、海手屋の強力な働きかけがあったからに相違ない。

小名木川は水量も多く、川幅もたっぷりしていた。

小舟が結構、頻々《ひんぴん》と川筋を往来していた。

木かげに腰を下ろして、新八郎は川を眺めていた。

通行する舟は大方が荷舟ばかりなのに、その舟は屋形舟であった。

いい陽気なのに、何故か障子が閉まっている。

夜ならまだしも、まだ陽が高かった。

船頭がゆっくり竿をさしている。

これからの季節、大川へ夕涼みに出る舟が多くなる。

なかには屋形舟を逢い引きの場所に使う者もいて、そうした連中はいいところに舟を停めさせ、船頭には駄賃をやって陸へあげてしまい、あとは二人だけ、しっぽり濡れるという話を、新八郎も聞いたことがある。

船頭のほうも心得ていて、たて廻す障子を一枚はずして屋根の上へあげておいて、客が障子が足りないというと、障子を出してやるかわりに酒手をねだるなどということをするという。

いずれにせよ、これまでの新八郎には縁のない世界であった。

昼日中から、障子を閉めた屋形舟が小名木川を下っていったからといって、まさか色っぽい話ではなかろうと思う。

いくつかの舟を見送ってから、新八郎は腰を上げた。

再び、小名木川沿いに行く。

その小名木川にかかっている高橋というこのあたりでは大きな橋がみえてくる手前に海辺新田と呼ばれている空地があった。

屋形舟が、その岸へ寄せて停っている。舟から一人の男が岸へ上がるのがみえた。

屋形舟の障子があいて、女が半身を乗り出すようにしてなにかいっている。

新八郎が足を止めたのは、男が高丸龍平で、女はどうも海手屋のお香のような感じだったからであった。

みられているとも知らず、お香は舟から龍平に手を上げて、別れを告げ、船頭がぐいと竿で岸辺を突いた。

龍平は去って行く舟を僅かの間、見送っていたが、やがて、小名木川に背をむけて、そそくさと高橋の袂を左に折れて行った。

新八郎は声をかけなかった。

彼が新八郎に気づかなかったこともあるが、女との逢い引きのところを上司にみられて嬉しい筈もなく、新八郎としては無粋《ぶすい》な真似がしたくなかった。

いつぞや海手屋へ行った時、娘のお香の高丸龍平に対する素振《そぶり》で、或いはと気がついていたものの、二人の仲が屋形舟で昼間から忍び逢いをするほどのものだとは思っていなかった。

海手屋のほうでは、娘の恋に気づいているのかどうか。

そんなことがあって数日後に、新八郎は、たまたま奉行所で大竹金吾に会った時に訊いてみた。

「本所方の高丸龍平だが、彼の両親は健在か」

大竹金吾は、何故、新八郎がそんなことを訊ねるのかといった表情をしたが、

「父親は、先年他界しました。母は健在ですが……」

「兄弟は……」

「彼は一人っ子、と申すよりも、養子なので……」

つまり、高丸家に子供がなかったので、

「遠い縁戚から養子を迎えたということです」

という。

「あいつは養子か」

町奉行所の与力、同心は表むきは一代抱えであったが、実際には親が老齢に達すると、息子が見習いという形で奉行所へ出仕し、時期をみて、親が隠居し息子がその跡を継ぐという恰好になっていた。

従って、子供のない家では早くから養子をもらって、同じように奉行所の職務を受け継がせる。

「高丸龍平の父親……名はなんといったのか」

「高丸仁左衛門どのです」

「高丸仁左衛門も、本所方であったのだろうな」

「左様です」

町奉行所における与力、同心の担当する職務は、ほぼ世襲で移動することはなかった。

吟味方与力の息子は、やはり吟味方与力になるし、定廻り同心が父親なら、その子は同じく定廻りの旦那となる。

高丸龍平にしても、父親が本所方の同心であったから、彼もその仕事を受け継いでいるわけであった。

「他に、家族は……」

なんの気なしに訊いたことだったが、

「女房との間に子が一人、居ります」

「なんだと……」

我ながら声が大きくなって、新八郎はあたりを見廻した。

幸いというべきか、奉行所の新八郎と大竹金吾が立ち話をしている大廊下には他に人影がなかった。

「高丸龍平には女房子が居るのか」

「隼様には、御存じではなかったのですか」

このところ、隼新八郎が本所方の同心である高丸龍平と行動を共にすることが多いのを、大竹金吾は知っている。

「てっきり、独り者と思っていたが……」

「彼は、どうも家の中のことを、喋《しゃべ》りたがらぬところがございます」

やはり、周囲に人がいないのを見てから、金吾がいい出した。

「高丸の妻女は、本所の湊屋と申す店の娘でございます。これが、どうも高丸の義母とうまく行って居らぬようで……下世話に申す嫁姑《よめしゅうと》の仲が悪いと、八丁堀でも評判になって居ります」

「待ってくれ」

遂に新八郎は手を上げて、大竹金吾の言葉を制した。

「高丸の妻女は、湊屋の娘なのか」

「はい」

「本所の湊屋と申すと……荷揚げ舟の宰領をしている、あの湊屋か」

「左様ですが……なにか……」

「いや、いささか意外だったからだ」

新八郎の言葉の意味を、大竹金吾はとり違えた。

「たしかに、高丸の縁組は、ちょっと変わったもので……」

　高丸家では、龍平の嫁に同じ本所方の同心で笹井繁之進という者の娘をもらいたいと考えて居り、両家の間でかなり話がまとまりかけていたという。

「ところが、龍平が湊屋の娘に想いをかけまして、どうも具合の悪いことになりました」

　つまり、祝言をあげる前に、湊屋の娘が身重《みおも》になってしまった。で、笹井家のほうから破談を申し入れて来た。

「歿られた高丸仁左衛門どのは律義なお方でしたから、御自分の目の黒い中《うち》は、湊屋の娘を高丸家へ入れることは許さんとおっしゃったとかで、一時はどうなることかと我々も気を揉《も》んでいましたが、間もなく、仁左衛門どのが歿られ、そのあと、本所方与力の近藤作左衛門どのが口をきかれて、湊屋の娘を高丸家へ入れたそうですが、そんなわけで正式に祝言はあげて居らぬ筈です」

　一つには、生まれた子供が女の子だったこともある。

「男なら、おそらく姑どのも折れて、湊屋の娘を高丸の嫁として認めたのではないかと思いますが……」

　侍の家には、よくあることであった。

「すると、龍平の妻女は、正式に高丸家の嫁にはなっていないということなのか」

大竹金吾がうなずいた。

「けれども、子までなした仲ではございますし、祝言をあげずとも一つ家に暮らしているわけで、妻女には違いなく……」

「それはそうだ」

気がついて、新八郎は訊ねた。

「高丸龍平も八丁堀の組屋敷の中に住んでいるのだろうが、大竹とは近いのか」

思ったよりも、大竹金吾が高丸家の内情にくわしいので、もしやと思ったことだったが、

「おっしゃる通り、我が家と高丸の家は筋向かいに当たります」

殊《こと》に、大竹金吾の母親は茶の湯の師匠をしているので、近所の噂は入りやすいといった。

「嫁姑の仲が悪いと申したな」

「嫁入りの事情が事情でございましたから……」

高丸家の母親は琴江といい、実家は小普請組《こぶしんぐみ》だが、

「龍平が養子でもあり、将来のためにも、同じ町奉行所の役人の娘を嫁にしたいとの

ぞんでいたようで、商家から入った嫁が気に入る筈がありません」

「どんな女なのだ。その湊屋の娘というのは……」

「お園と申しまして、龍平が惚《ほ》れたくらいですから、なかなかの器量よしです。少々、体が弱く、暗い感じではありますが……」

近所の評判は悪くないといった。

「赤ん坊を背負って、よく働いて居ります」

「湊屋のほうはどうなのだ。いくら相手が侍でも、子供まで生れているものを、今だに祝言もあげず、娘が不愍とは思わないのか」

「それは、親として内心、腹立たしく思っているに違いありますまいが、なまじなにかいっては、娘のためにならないと思案しているようです」

そんな話を、大竹家へ茶の湯の稽古に来ている者達が話しているといった。

「そんなわけがあったのか」

たまたま、用人が呼びに来て、新八郎はその場を離れた。

「お奉行がお待ちである」

用人の高木良右衛門にいわれて、新八郎は根岸肥前守の居間へ行った。

肥前守はお城から下ってきたばかりらしく、まだ上下《かみしも》姿で手許の机の上においた茶碗を取り上げ一服したところであった。

敷居ぎわに手を突いた新八郎をみると、

「新八、遠慮は無用、近う参れ」

と声をかけた。

「仙台藩の船は、今朝、品川沖へ入ったそうじゃ」

今回は品川から荷揚げをして、積荷はすべて品川の下屋敷へ入るという。

「どうも、大川口は嫌われたようじゃな」

さりげない口調だったが、おそらく芙蓉《ふよう》の間《ま》に詰めている中に、諸大名から例の海賊の探索は如何かと詰問されただろうと、新八郎にはすぐわかった。

「申しわけございません」

手をつかねているわけではないが、今だにこれといって糸口になるものも摑《つか》んでいない。

「なに、そちを責めるために呼んだのではない。ただ、面白いことを耳にしたので、新八に知らせてやりたいと思ったからじゃ」

仙台藩が大川口から荷揚げをする時に御用を命じている海手屋だが、

「彼《か》の者が仙台藩の御用達になったのは、徳島藩の江戸留守居役、佐久間清光と申す者の口ききであったそうな」

　新八郎が膝を乗り出した。

「すると、海手屋はまず徳島藩の御用達となり、次に徳島藩の御留守居役を通じて、仙台藩の御用達をつとめるようになったということでございましょうか」

「左様、どうやら海手屋の主人、久兵衛なる者は阿波徳島の出身のようでもある。海賊の手がかりとは無縁のようじゃが、新八が海手屋について調べて居ると用人が申す故、なにかの役に立とうかと思うてな」

「ありがとう存じまする」

「水の上を往来する賊は今までと勝手が違うて、やりにくかろう。しかし、地上の盗賊と異って彼らは舟がなくては掠奪《りゃくだつ》も出来ない。盗んだ荷を運ぶのも舟、彼らが逃げるのも舟、その舟は日頃、どのようにしてあるのか、亦、盗んだ荷をどこにかくしているのか、彼らの巣窟《そうくつ》はおそらく地上であろうが、それはどのあたりなのか、大川沿いにそれらしき所はないものか、どうじゃ、新八……」

「仰せの通りにございます」

　おそらく海賊舟は、平常さりげない物売り舟か、荷を運ぶ舟か、人目に触れても誰も疑いもしない舟として使用されているに違いないと新八郎もいった。

「ただ、舟には各々、舟の持ち主がございます」

漁師が自分の舟を持っているというのから、多くの舟を所有する荷揚げ屋、或いは大川を渡す船宿の舟、大店《おおだな》が自分の蔵へ運ぶ荷を積む専用の舟もある。

「少なくとも、仙台様を襲った海賊の舟は数隻、けれども、それが一人一人の持ち舟か、それとも、或る者がまとめて持っていた舟かはわかりかねます」

海賊の仲間が日頃は、ばらばらに世を忍んだ生活をしているのか、まとまった集団として暮らしているのか見当がつかない。

それに、これまでの調べでは海賊舟の特徴を一人もこんな舟だったといった者がなかった。

「ただ、海手屋の物見に居りました治助と申す親父が、偶然、海賊とは知らず、あの夕方御用船を襲った海賊舟をみて居ります。ひょっとして、治助が、なにかを思い出してくれれば、それが手がかりになるのではないかと存じて居ります」

長年の船乗りで遠目のきく老人であった。

滝のある家

定廻り同心、平泉恭次郎が隼新八郎に面会を申し込んで来たのは、珍しくさわやかに晴れた五月なかばのことである。

この年、江戸は五月になって雨が続いた。

気温もあまり上がらず、うっとうしいような天気のあとで、漸《ようや》く五月晴《さつきば》れにふさわしい朝を迎えて、町奉行所の庭は新緑が匂い立つようであった。

平泉恭次郎は、あまり機嫌のいい顔付ではなかった。

「この春、飛鳥山のさくら茶屋にて殺害されました女ではないかと思う者がございましたので、上役より隼どのに報告せよといわれまして……」

「あの女の身許が知れたのか」

「思わぬところより……」

「それはありがたい。是非、聞かせてくれ」

飛鳥山の花時に新八郎が出かけて行ったのは、奇妙な文句が本所深川辺の橋の袂《たもと》に張り紙されていたためであった。

この頃、お江戸に流行《はや》るもの

地震、大水、船幽霊

退治したくば、飛鳥にござれ

花の下なる、平　将門《たいらのまさかど》

折柄、飛鳥山は花見の客で賑《にぎわ》っていた。

その飛鳥山のさくら茶屋で俄雨《にわかあめ》の雨宿りをしていた最中に、茶店にいた身分卑《いや》しからざる女が殺害された。

取り調べにかけつけて来た定廻りの平泉恭次郎から、御奉行の懐《ふところがたな》刀が目と鼻の先で殺人があったのも気づかずにと、皮肉られたものである。

「実は、このほど、手前が手札をつかわして居りますお手先で、藤助《とうすけ》と申す者が出入りの按摩《あんま》の話を耳に致し、ひょっとしてそれが、飛鳥山で殺害された女ではないかと知らせて参ったのです」

定廻り同心は、日頃、市井《しせい》の情報を入手するために、その土地、その土地に何人かの手先を使っている。

大方が捕物好き、野次馬根性の旺盛な奴で、本職は髪結《かみゆ》いだったり、植木屋だったり、風呂屋の亭主だったりさまざまだが、定廻りの旦那からこづかいをもらって、町内の噂話に目を光らせている。

また、町内のほうでも町方の旦那の息がかかっているのを知ってて、喧嘩や揉《も》めごとの仲裁を頼んだり、或いはお上《かみ》に知れては困るような内証事を彼等に知られたりすると、包み金を渡して目をつぶってもらうとか、良《あ》かれ悪しかれ、その町内で顔をきかせていた。

平泉恭次郎の話に出た藤助というのは、そういったお手先の一人のようであった。

藤助の話によると、按摩の名前は竹の市といい、まだ三十前だが、なかなかの揉み上手で、日暮里あたりに寮をかまえている日本橋、京橋の商家の旦那や内儀が寮へ保養に来ると必ず療治を頼むという。

「その竹の市が月に二、三度、療治に通っていた家の女主人なのでござるが……」

竹の市にも、その家がどういう人のものか、女の素性《すじよう》についても見当がつかなかったという。

「たまたま、その家の近くを流している時に呼びとめられて、療治に入ったのが最初だと申すのですが、召使いの言葉などはどうも武家のようだったと……」

療治を受けたのは女主人で、

「召使いはあかさまと呼んでいたそうです」

「あかさま……」

不思議な名であった。

「竹の市の申すには、体つきからいってせいぜい四十そこそこ、あまり口をきいたこともなく、盲人のことで美人かどうかもわからぬそうですが……」

何故、その女主人と飛鳥山で殺害された女を平泉恭次郎が結びつけたかというと、

「藤助の調べたところによると、その女の家へ竹の市が療治に出かけたのがちょうど飛鳥山で殺人のあった夕方のことで、家の中が大層とり乱していたそうで、召使いが、今日はとりこみがあって療治が出来ないといい、竹の市が帰りかけると、門の外まで追って来て、もうこれからは療治に来ることはない、二度と来なくてよいといったそうです」

「成程……」

「その折、竹の市は家の中に線香の匂いがしたので、これは、ひょっとすると女主人が急に歿りでもしたのかと思ったそうです」

が、それにしても日頃、病気でもなかった人が急に歿るというのは合点が行かな

い。

「それで翌日、また、その近くを通りかかった時に、その家へ寄って声をかけてみたが返事もなかった。そんな話が廻り廻って藤助の耳に入り、藤助がその家へ行ってみると、家の雨戸が釘《くぎ》づけになっていて、誰も住んでいる様子はなかったと申すわけです」

「その家の、以前、住んでいた者の素性はわからぬのですか」

「それが……名主もよく知らぬと……ただ、どうも大名家に奉公している者の持ち家のようだというのですが……」

「大名家に奉公……」

諸大名の江戸屋敷に奉公している者の別宅のようなものかと、隼新八郎は考えた。

例えば、江戸家老の妾宅のようなものである。

「それにしても、突然、家人もろとも消えてしまったというのが気になりまして、藤助の案内で、その家に行って参ったのですが……」

家人が消えてしまって一ヵ月余り、家はかなり荒れていた。

「近くの家と申しましても、あの付近は田畑の間に一軒ずつ、ぽつんぽつんと建って居りますので、少々、離れては居りますが……」

百姓家で聞いてみると、どうも一夜の中に住んでいる者が、どこかへ行ってしまったらしいということであった。

「その中に、千駄木坂下町に住む駕籠《かご》屋で吉蔵と申す者が、例の当日、その家の女主人を駕籠に乗せ、飛鳥山まで送ったというのを耳に致し、吉蔵を問いただしたところ、容貌、衣服などから間違いなく、飛鳥山にて殺害された女と同一人物とあいわかりました」

「すると、殺されたのは、あかさまと呼ばれていた日暮里の女主人か」

「十中八九、間違いないかと存じます」

「女の素性はわからぬようだが……」

「それは、今、家の持ち主を調べて居りますので、やがては……」

平泉恭次郎はやや得意そうであった。

「いずれ、隼どのにも改めての御報告が出来ようかと存じますが、今日のところはとりあえず、ここまでお知らせ申しておきます」

というだけのことをいって、そそくさと出て行った。

日暮里へ行って、早速にもその家をみたいし、竹の市という按摩や、千駄木坂下町の駕籠屋の話も聞いてみたいと思いながら、新八郎はそれをしなかった。

下手《へた》に動き廻ると、平泉恭次郎の邪魔になるし、手柄を横取りする気ではないかと、痛くもない腹を探られる。

町奉行所に所属する与力、同心と違って隼新八郎の場合は町奉行に就任した根岸肥前守直属の家臣であった。名称は内与力だがいってみれば奉行の耳であり、目になるべく、独自の探索をしなければならない。

そういう立場では、親代々、八丁堀に組屋敷を賜《たまわ》っている与力、同心達にどうしても遠慮があった。

彼等のほうでも、隼新八郎に対して他所者《よそもの》の意識がある。

が、平泉恭次郎の報告で、新八郎は仙台藩の御用船が海賊に襲われたさわぎで、少々、うっかりしていた飛鳥山の殺人を思い出した。

それと、あの奇妙な張り紙である。

この頃、お江戸に流行るもの
地震、大水、船幽霊
退治したくば、飛鳥にござれ
花の下なる、平将門

御用部屋へ戻って、新八郎は手文庫の中から、その張り紙を出して眺めた。

ごくありふれた半紙に書かれた文字は、あまり達筆とはいえない。が、よくみると、故意に下手に書いたのではないかと思われる節《ふし》もある。

それにしても、平将門とは如何なることかと思った。

平将門というのは天慶《てんぎょう》の頃関東で内乱を起し、下総猿島《さしま》に王城を構え、自ら新皇と称した平将門のことではないかと思う。

彼は朝敵となって討たれたが、実際は一族が彼の父親、平良将の荘園を横領し、彼を殺害しようとしてはじまった内乱であり、親族がよってたかって、彼を朝敵にしてしまったのであり、無実だというのが真相だったという。

で、彼を追慕する人々が、将門の屍《しかばね》を埋めて墳墓としたところが芝崎村の日輪寺であり、遊行二世真教上人が巡化の時に将門に蓮阿弥陀仏という法号を追号し、それを祭った神田明神が芝崎村の鎮守《ちんじゅ》となった。

元和元年に日輪寺が柳原花房町に移転し、明暦の大火以後は浅草に変わった。

神田明神も駿河台の鈴木町辺りへ移り、元和二年に湯島の聖堂の東側に境内、およそ一万坪。寛永二年には烏丸大納言光広卿の上奏によって、勅勘御免の御沙汰を得て、天下晴れて、江戸の三大祭の一つに数えられるまでになった。

殊《こと》に神田祭は江戸の庶民の祭として人気があり、九月十五日の祭礼の賑《にぎ》やかさは、新八郎もよく知っている。

それにしても、飛鳥山は平将門とはなんの関係もあるまいと思われた。

花の下なる平将門、とは、どういうことなのか。

そもそも、将門の屍を埋めた芝崎村は、今の神田橋御門の近くで、大名家になっている筈であった。

たまたま、御用部屋に大竹金吾の顔がみえたので訊いてみると、

「それなら、酒井雅楽頭《うたのかみ》様の御上屋敷でしょう。たしか、御屋敷内に将門稲荷《いなり》を祭った祠《ほこら》があると聞いたことがあります」

といった。

「将門稲荷が、どうかしたんですか」

という声がして、むこうの机で調べものをしていたらしい高丸龍平が立って来た。

彼とは、飛鳥山へ同行した仲である。

「その折の、殺された女の身許がわかりかけているそうだ」

平泉恭次郎の話をすると、高丸龍平が鼻の先で笑った。

「あの御仁《ごじん》のやることは強引で、時折、無実の罪をでっち上げるという評判ですよ」

今度の話も眉唾《まゆつば》ものだと低声でいった。

「日暮里あたりに身分の知れない女が住んでいて、一夜の中にみんなが消えてしまったなぞというところからして、どうも、うさん臭い気がします」

まあまあと制したのは大竹金吾で、

「そういったものでもありますまい。平泉どのは練達の定廻りでござれば、その中には、女の素性も突きとめて来られるのではありませんか」

新八郎にしても、平泉恭次郎の口ぶりからして、或る程度、探索の手がかりがついているのだろうと思った。

それにしても、もし、大名家の家臣の持ち家ということになると、町方の役人としては支配違いにもなり、なにかと厄介なことになる。

なんにしても、隼新八郎は平泉恭次郎のその後の報告を待ちかねていた。

例の張り紙には船幽霊の文字がある。

もしも、飛鳥山の殺人と、船幽霊になにかのかかわりがあるとしたら、そっちのほうから御用船襲撃の海賊に対する手がかりが得られるかも知れなかった。

たった一日の五月晴れだけで、江戸は再び、雨になった。

はやばやと梅雨《つゆ》になったかのように、じめついた日が続き、そのあげくに大豪雨がやって来た。

千代田城のお堀の水位がぐんと上がった翌朝のこと、新八郎が奉行所へ出仕して間もなく御用部屋が俄《にわ》かにさわがしくなった。

古参株の定廻り同心の何人かが、表のほうへ出て行き、やがて顔色を変えて戻って来た。

「平泉どのが、歿ったそうです」

次の間にいた新八郎のところに、大竹金吾が知らせに来た。

「どうも、川へ落ちて水死したような話でして……」

「川とは、どこの……」

「それが、王子の音無《おとなし》川ということです」

新八郎が、はっとしたのは、飛鳥山と王子はすぐ近くだったからである。

「手前は、今から王子へ参るよう、申しつかりました」

あたふたと大竹金吾が出て行ってから、新八郎は用人の高木良右衛門に許しを求めて、早速、奉行所を出た。

雨はなんとか上がっているが、曇り空で、風がこの季節にしては肌寒い。

役宅へ戻って雨支度と厳重な足ごしらえをして、今夜は戻れないかも知れないと妻の郁江にいいおいて数寄屋橋御門を出た。

王子は江戸の郊外である。

神田から音羽へ出て、そこから先は田畑がめっきり多くなる。

田植えの終わったばかりの水田は、どこも大雨の名残りで、百姓達が切れた畦《あぜ》の修復をしていた。

板橋を過ぎて、やがて石神井川《しやくじいがわ》のほとりに出る。川はどす黒く濁って轟々《ごうごう》と音を立てて流れていた。石神井川に架《か》かった橋を渡ると板橋仲宿で、茶店を含めて数軒の家並みがあるが、どの家も戸を閉じている。

道の左に、王子稲荷近道と道しるべの出ているところに、男が三、四人かたまっていて、その一人が大竹金吾であった。

「ここまで、お出でになったのですか」

驚いた顔で近づいて来た。

「どうも気になることがあるのだ。定廻りの邪魔はしないから、気を悪くしないでもらいたい」

大竹金吾が苦笑した。

「そのようなお気遣いは無用に願います」

平泉恭次郎の死体は王子権現の手前の金剛寺に安置されているといった。

「手前が御案内しましょう」

大竹金吾が一人の男に顎《あご》をしゃくった。

「藤助、お前も来い」

先に立って歩き出しながら、新八郎にいった。

「平泉どのから手札をもらっているお手先です」

その名前を、新八郎は平泉恭次郎から聞いたおぼえがあった。

「お前が、竹の市と申す按摩の話をきいて参った男だな」

だしぬけに、新八郎からいわれて、藤助はかなり驚いたようであった。

大竹金吾の口のきき方からしても、新八郎の身分が、定廻りの旦那よりも上らしいとは見当がつく。

絶句している藤助に、大竹金吾がいった。

「昨日、平泉どのは藤助を供にして飛鳥山へ参られたそうです」

正午すぎに飛鳥山の近くまで来たが、折柄、雨が激しくなったので、

「扇屋と申す家へ宿を取って、雨のやむのを待って居られたそうですが……」

雨はやむどころか、ひどくなる一方で扇屋から一歩も外に出られないまま、夜にな

った。

「藤助は、平泉どのと同じ宿に泊まったのか」

新八郎が口をはさみ、後からついて来た藤助がおずおずと答えた。

「とんでもねえ。あっしが宿を取りましたのは、扇屋の近くにある油屋というんで、扇屋は到底、あっしのような者が客になれる家ではござんせん」

「成程……」

「夜があけまして、雨も大方、やんだようなので、早速、扇屋へ参りましたんで……そうすると、扇屋の者が旦那は昨夜、使いの者が来て海老《えび》屋へ出かけられたきり、お帰りじゃねえと申しますんで、そのまま、海老屋へとんで行きましたんですが……」

海老屋へ行って、藤助があっけにとられたのは、海老屋の主人も番頭も、昨夜、そのような客は来ないし、店から使いを出したおぼえもないと不思議そうにいわれてしまったからである。

「てっきり、宿の名前を聞き違えたのかと、三本杉橋の近くの家にまで行って訊ねたんですが、どこへ行っても、旦那はお出でじゃございません。うろうろして、扇屋へ戻って来まして……」

なすすべもなく、これは江戸へ帰ったのではないかと考えはじめたところへ、

「金剛寺のほうから、人が川にはまっているというさわぎが聞こえて来まして……」

　まさか平泉恭次郎とは夢にも思わず、

「あっしもお手先のはしくれで、そういう時は、なにをおいてもかけつけなけりゃならねえと思いまして……」

　出かけて行ってみて、ちょうど川からひき上げられた平泉恭次郎の死体と対面することになった。

　王子権現への近道、つまり、金剛寺へ向かう小道は畑の間を縫って長く細く続いていた。

　前方に松や杉の大木がこんもりした森を作っているところが、金剛寺の境内であった。

　平泉恭次郎の遺体は、裏の小座敷に運ばれていて、大竹金吾と一緒に奉行所からやって来た瀬川宗兵衛という同心が、あれこれと指図をしている。入って来た新八郎をみると、ちょっといやな表情をした。

「隼どのには、何故、お出でなされた」

　新八郎は軽く頭を下げ、穏やかにいった。

「いや、平泉どのとは、先頃、飛鳥山にて大層、御厄介をおかけ申した。それ故、せめて、なにかお役に立つことでもあろうかと存じて参ったのだが……」

「それには及びませぬ。平泉はあやまって音無川に落ちて水死したもの。格別、探索する要はない」

「しかし扇屋の話によると、平泉どのは昨夜、何者かによって呼び出された様子……」

「ああいや、その儀については、我等、身内が詮議を致します。隼どのの容喙《ようかい》は御無用に願いたい」

新八郎は逆《さか》らわなかった。

「承知いたした。それでは、せめて平泉どのに最後の別れを申し上げたいが……」

「それは御随意に……」

大竹金吾が瀬川宗兵衛に近づいていった。

「間もなく荷駄の者が参ります。道中のお指図を願います」

平泉恭次郎の遺骸は荷車に乗せ、馬に曳《ひ》かせて江戸へ帰るようであった。

瀬川宗兵衛が大竹金吾と共に表へ出ていったのをみてから、新八郎は遺体に近づいた。

みたところ、水死に違いはなかった。

体に怪我《けが》らしいものはなく、すでに清められて、白衣を着せられている遺体からは、これといって変わったところもない。

香をたむけ、合掌していると大竹金吾だけが戻って来た。

「瀬川どのの御無礼、なにとぞ御容赦《ようしゃ》下さい。手前は平泉どのの御遺体ともども江戸へ戻らねばなりませんが、藤助に万事、申しつけてございます。御詮議のお役に立つかと存じますので……」

「それはありがたい……」

荷車で運ばれて行く平泉恭次郎の遺体を見送ってから、新八郎は庭のすみにいた藤助を呼んだ。

「すまないが、いろいろ訊きたいことがある。力を貸してくれ」

まず、扇屋へ行ってみたいという新八郎に、藤助はちょっと考えるようにしていった。

「ここから扇屋まで参る道は二つございます」

一つは金剛寺の門前から、音無川にかかっている橋を渡り、王子権現の参道を行き境内を抜けて三本杉橋を渡って行く方法と、もう一つは金剛寺の裏手へ出て、畑の中の小道を行く。

「そちらは音無川に沿って居ります」

「平泉どのの遺体がみつかったのは、どのあたりなのだ」

「そいつは、不動滝のすぐ近くで……」

「では、そっちから行ってくれ」

金剛寺の裏へ出ると、そこに正受院の不動堂があった。

不動堂の背後が坂になっていて、下りて行くと音無川の岸に出る。

滝はその左手の高い岩組のところから落ちていた。

水の勢いは強く、滝壺《たきつぼ》に当たって白い霧となって低くただよっている。

あたりは岩窟《がんくつ》で樹木が生《お》い茂り、音無川のむこうも、こんもりした森であった。

小道は僅かの間、音無川に沿っている。

その道も岩肌が露出していて、雨上がりということもあって、すべりやすい。

「このあたりでございます」

道が音無川から離れようとするところで、藤助が指した。

川はそこで大きくまがって居り、少しばかりが淵《ふち》のようになってよどんでいる。

雨上がりで、まだ濁っているその水の中に、平泉恭次郎の死体が浮いていたという。

「あっしが来た時は、もう岸にひき上げられて居りましたが、坊さんの話では岩場のところにうつ伏せになって水につかっていたということで……」

川っぷちには土のくずれたような痕《あと》があった。

「ここから、すべって川へ落ちたんじゃねえかと、旦那方がおっしゃっていました」

新八郎は、そこから用心深く川へ身を乗り出してのぞいてみた。

水量は多く、流れは早い。

「平泉どのは、水練は不得意だったのか」

藤助がうなずいた。

「そんな話を以前に聞いたことがございます」

御用のお供をして大川を舟で渡ろうとしたところ、

「平泉の旦那が、舟を嫌って、遠廻りをして橋を渡ってお帰りになったことがございました。その時に、どうも水泳ぎは苦手《にがて》だとおっしゃいまして……」

子供の頃、湯屋で遊んでいて、力の強い子に頭を湯に沈められて苦しい思いをしたことがあり、それ以来、水を怖《こわ》がるようになったと苦笑していたという。

「昨夜の大雨では、尚更《なおさら》だな」

暫く足を止めていて、新八郎は歩き出した。

道は、そこから音無川沿いを離れて田畑の中を行き、間もなく六国坂の途中に出た。

そのあたりは飛鳥山の麓であり、やや広い道には茶店が軒《のき》を並べている。

さくら茶屋は一本杉神明宮のほうへ行ったところだが、藤助が教えた扇屋は、それとは逆の方向で、途中に一つ、橋を渡る。

日が暮れて来た。

扇屋は、この付近の旅宿としてはかなり立派な店がまえであった。

藤助が、あっしなんぞが泊まれるところではないといったのも無理ではない。

客は武士か、裕福な大町人といったところであろう。

「海老屋というのは、どこだ」

新八郎が訊き、藤助が扇屋の隣を指した。

隣といっても、二軒の家の間には少々の距離がある。

少なくとも、両家の塀が隣接しているといったふうではなかった。

「まず、扇屋から廻るか」

藤助にいい、新八郎は先に立って扇屋の門を入った。

玄関はまるで本陣といった恰好《かっこう》で、その先に大廊下があり、右手が帳場になっている。

入って来た新八郎と藤助の姿をみると、番頭が慌てて出て来た。帳場にかたまっていた何人かが、いっせいに、こっちをみる。

「厄介をかけてすまないが、昨夜の件で少々、訊ねたいのだ」

海老屋から来た使いというのは、どんな風体をした者だったのかと訊くと、番頭が当惑そうに小鬢《こびん》に手をやった。

「そのことにつきましては、先程もお役人様にお答え申しましたが、手前共では海老屋の使いの者というのを、みて居りませんので……」

「それは、どういうことだ」

扇屋へ来た使いを、扇屋の者が会っていないというのは可笑《おか》しかった。

「その……手前共へお泊まり下さった平泉様とおっしゃるお方が、直接、お使いの方にお会いになりましたので……あれは、たしか五ツ（午後八時）近くでもございましたか」

雨宿りのつもりが、雨がやまず扇屋へ宿をとることに決めた平泉恭次郎は、六ツ（午後六時）前に夕餉《ゆうげ》の膳を運ばせたという。

「女中にお酒を御注文下さいまして、それが二本ばかり、どちらかといえば、お早い召し上がり方でございましたそうで……」

飯がすむと、平泉恭次郎は部屋を出て、帳場へ下りて来た。

「玄関のところから外をごらんになりまして、雨の様子を気にしていらっしゃったようでございましたが、その中に手前共の傘《かさ》をさして外へ出て行かれまして……手前が帳場から玄関へ出て参りますと、平泉様が門のほうからお帰りになりまして、海老屋から使いが来たので、これから行ってくるとおっしゃいました」

「そのまま、出かけたのか」

「いえ、一度、部屋へお戻りになりまして、合羽《かっぱ》をお召しになっていらっしゃいました」

「その時、雨はどうだった」

「かなり降っていたように存じます」

平泉恭次郎に渡した提灯《ちょうちん》の火が消えなければよいがと案じたと、番頭はいった。

「平泉どのが出かけられる時、誰か見送りに出た者はなかったのか」

「手前が門のところまで参りました」

「海老屋のほうへ向かっていたのだな」

「はい、間違いなく……ただ、雨があまりひどうございますので、手前もすぐ玄関へ戻ってしまいました」

そのために海老屋へ平泉恭次郎が入って行くのは見届けていない。

「もっとも、あの雨では提灯のあかりも三、四間先ではみえないほどでございました」

じっと見送っていたところで、到底、みえはしなかったといった。

「それっきり、平泉どのは戻られなかったのだな」

「はい」

「海老屋へ迎えをやることは考えなかったのか」

「あの雨でございましたし、おそらく、海老屋へお泊まりになったのではないかと存じまして……」

その番頭の口ぶりでは、海老屋に女でも待っていたのではないかと早合点した節《ふし》がある。

「御身分のあるお方で、時折、そのようなことがございますので……」

供をこっちへ残しておいて、自分だけ他の旅籠《はたご》へ出かけて行き、朝帰りをしたりする。

「しかし、平泉どのは一人で当家へ泊まられたのではなかったのか」

お供の藤助は近くの油屋へ行って泊まっていた。

「左様ではございますが、何分にもあの雨の中をお出かけになるのは、よくよくと存じまして……」

「ところで、昨夜の泊まり客は平泉どのの他にどれほどあったのか」

新八郎の問いに、番頭は宿帳を持って来た。

「この季節は、あまりお客様の多いほうではございません」

飛鳥山の桜は終わった。

「王子権現へ御参詣《ごさんけい》の方が主なお客様でして、これから暑くなりますと、御信心旁《かたがた》、滝を御見物にお出かけになるお客様が増えて参ります」

宿帳にあった中、六人ばかりは江戸の商家の主人達の名前が並んでいて、

「皆様、王子権現へ御信心のお方でございまして、月に一度はおまいりにいらっしゃいます」

その他には甲州の材木問屋の主人と手代ぐらいのものであった。

「泊まり客の中に、平泉どのと口をきいた者、或いは顔見知りの者はなかったのか」

「それは手前共ではわかりかねますが、まず、左様なことはあるまいと存じます」

どの客も、すでに出立《しゅったつ》していた。

「お発《た》ちになる時には、まだ、平泉様の御不幸を、手前共でも存じませんでした」

知ったのは、それから一刻（二時間）も後であった。

竹の市

扇屋を出て、新八郎と藤助は海老屋へ向かった。

道はゆるやかな上り坂になっていて、海老屋を過ぎると、今度は下りになる。その先は三本杉橋で、橋を越えると王子権現の裏参道であった。

海老屋では主人と番頭が揃《そろ》って新八郎の問いに答えた。

昨夜、海老屋から使いを出したこともなければ、平泉恭次郎がやって来たなどとはとんでもないという。

「実を申しますと、昨夜は大事なお客様をお迎え申して居りまして、そのためにもしなにか粗相でもあってはいけないと、ふりのお客様は一切、おことわり申しましたし、六ツから後は門を閉めてしまいましたので、外から誰かやって来るということがありましたら、帳場に詰めて居ります者に知れないわけがございません」

玄関脇の帳場には不寝番が朝までいたし、その者たちも、外から客が来たことはなかったと口を揃えた。

「ところで、大事な客というのは、いったい、どういうお方なのか、当家に迷惑はかけないから、教えてもらえないか」

新八郎が訊き、主人が口ごもりながら、

「さるお大名の奥向きに御奉公なさる御身分の高いお女中衆でございます」

といった。

千代田城に大奥があるように、諸大名の江戸屋敷にも奥方の住む奥があった。殿様、若君以外は男子禁制であり、女たちが奉公している。

「奥方様が王子権現を御信仰なすっていらっしゃいまして、よくお女中衆がおまいりにおみえになります」

昨夜、泊まったのは、奥方の御代参で、お傍付の老女格の女中だったといった。

「何分にも、お名前は御勘弁願います」

新八郎はうなずいて、それ以上は訊かなかった。

海老屋を出て、三本杉橋を渡り、裏参道から王子権現の社前へ出る。

あたりはもう暗くなりかけていた。

神妙に合掌していると、僧が二人ばかり拝殿の扉を閉めるためにやって来た。

なんとなくあたりを眺めていた新八郎が、拝殿の正面に掲げてある立派な絵馬を指して一人の僧に訊いた。

「こちらは、松平家の御紋がみえるが、どちらの松平様でござるか」

僧が、やや得意気に答えた。

「阿波徳島の松平様にございます」

「成程、それで船の絵馬ですか」

大きな絵馬には、見事な筆致《ひっち》で船が描かれていた。

「松平様には、しばしば御参詣がおありでしょうな」

「四季折々に御代参がございます」

僧が扉を閉めて戻って行く前に、新八郎も社前を去った。

藤助が用意して来た提灯に火をつける。

杉木立《すぎこだち》の中は、あっという間に夜になっていた。

「昨夜、お前が泊まった油屋へ行こう」

今夜はそこへ泊まることにすると新八郎がいい、藤助が手を振った。

「いけませんや。とても、旦那のお泊まりになるような宿ではございません」

が、新八郎は油屋へ着くと、さっさと草鞋《わらじ》を脱ぎ、

「二人連れだ。厄介になるぞ」

二階の部屋へ案内されると、

「隣は藤助、俺はこっちだ」

と決めて、

「飯は一緒に食おう。酒も頼むぞ」

自分は風呂へ行ってしまった。

「旦那は、そう申してはなんですが、随分とざっくばらんでいらっしゃる。大竹の旦那にもいわれて来ましたが、それ以上でございます」

湯上がりに、さしむかいで酒を飲み出してから、すぐ顔中をまっ赤にした藤助がいい出した。

長年、平泉恭次郎の下で働いて来たが、さしむかいで酒を飲むなどということは一度もなかったといった。

「平泉どのは、酒は強いほうだったのか」

藤助とさしつさされつで飲みながら、新八郎が訊いた。

「あまり召し上がっても、顔に出るほうじゃございませんでした」

どちらかといえば好きなほうだが、度を越すことがない。

「はめをはずすってことが、お嫌いで、そりゃもう固い一方でございました」

「しかし、お気の毒なことであった。まだ、働き盛りのお年であったに……」

八丁堀の組屋敷には妻と長男がいる。

「ところで、平泉どのがここへ参ったのは、なんのためだったのだ」

藤助を供に、飛鳥山へ来た理由であったが、

「それが、あっしにはなにもおっしゃいませんで……飛鳥山の近くまで行くので供をするようにと、ただ、それだけで……」

「供をいいつけたのは、いつのことだ」

「一昨日の午《ひる》すぎで……いつものように番屋でお待ちしていると、町廻りにおみえになって、そこで声をかけられました」

すると、飛鳥山へ来る前日のことになる。

「平泉の旦那とは、その時の約束通り、板橋の宿で待ち合わせました」

藤助のほうは駒込から、板橋まで出て、平泉恭次郎を待っていた。

「旦那は午《ひる》近くになって、おみえになりました」

雨はもう降り出していたという。

板橋から飛鳥山までの道中も、これといって話はなく、雨は次第に強くなって来

て、とうとう扇屋で宿を取る破目《はめ》になった。

「では、扇屋へ泊まるというのは、最初から決めてあったことではなかったのだな」

「左様で……ただ、旦那は板橋を出た時、今夜は江戸へ戻れないかも知れないというようなことをおっしゃいました」

江戸市中から飛鳥山までは、早朝に発てば日帰りの出来ない距離ではなかった。

花見客なども、飛鳥山の宿へ泊まる者もあるが、大方はその日の中に戻って行く。

だが、藤助の話によると、平泉恭次郎は午近くに板橋へやって来たという。

「板橋での待ち合わせの時刻だが、何刻《なんどき》だったのだ」

「遅くも、五ツには、とおっしゃいましたんですが……」

五ツは辰の刻（午前八時）であった。

「あっしは六ツ前に家を出まして、五ツより早くに板橋へ参りました……」

首を長くして街道を眺めていたが、一向に平泉恭次郎の姿はみえない。

「こりゃあ、ひょっとすると日を間違えたんじゃねえかと心配していると、旦那が駕籠でおみえになったんです」

「駕籠か」

「へえ、町駕籠で……」

「その駕籠は、そこから帰したのだな」

「そうです」

「雨は降りだしていたのだな」

「へえ、旦那は雨支度をして、あっしと飛鳥山へ向かいましたんで……」

盃を手にしたまま、新八郎は考え込んだ。

江戸から駕籠で来た者が、雨も降り出しているのに、何故、板橋から徒歩で飛鳥山へ向かったのかが、合点が行かない。

「平泉どのの板橋からの様子はどうだったのだ」

例えば張り切っているとか、機嫌がよくなかったとか。

「なんと申しますか、ひどく暗い感じがしました。迷っているとでもいいますか……」

どこか屈託した表情だったと藤助はいった。

「扇屋で雨宿りをしておいでの時も、腕を組んで瞑目《めいもく》して居ました」

思案にふけっている印象が強かったらしい。

だからといって、藤助に話しかけることもなく、お供の立場として、藤助は落ち着かなかった。

「正直のところ、旦那と別れて、この油屋へ来た時は、ほっとしまして……」

酒を飲んで、すぐ寝てしまったのは、それだけくたびれていたせいのようだ。

「どうも、わからんな」

飯がすむと、藤助は隣の部屋へ下り、新八郎もやがて女中の用意した夜具に横たわった。

静かな夜である。

泊まり客が少ないせいもあろうし、宿そのものが小さいこともあって、物音は殆《ほとん》どしない。

それにしても、わからないことだらけであった。

平泉恭次郎は、新八郎が知る限り、きっちりした性格のようであった。

藤助も、はめをはずすことが嫌いで、固い一方だといっている。

その平泉が、約束の時刻よりも遥《はる》かに遅れて板橋へ着いたのも不思議だし、遅れた理由を藤助にいわなかったのは、何故かと思う。

雨が降り出していたのに、江戸から乗って来た駕籠を帰したのは、これから行く場所を駕籠屋に知られたくなかったのかも知れないが、それにしては飛鳥山へ来るまで考え込んでいたのは、なんのためだろうか。

ただ、少なくとも、藤助の話でわかったのは、扇屋に泊まった平泉恭次郎のところへ使いが来る筈はないという点であった。

扇屋へ泊まったのは成り行きであり、前から予定していたのではなかった。

平泉恭次郎が昨夜、扇屋へ泊まったのを知っているのは、彼自身と藤助の他にはいない。

使いが海老屋から来たというのは、出かける口実のようであった。

どしゃぶりの雨の中を、夜になって出て行くのを、扇屋の者に不審がられないために、使いが来て出かけて行くふりを装ったのであった。

その証拠に、扇屋の者は海老屋から来た使いというのをみていない。

平泉恭次郎が、そういっただけであった。

しかも、平泉恭次郎は藤助を別の宿へ泊めている。

藤助は自分のような者の泊まる宿ではないといったが、別に平泉恭次郎のお供として泊まる分には、なんの支障もない。

むしろ、お供が別の宿へ行くことのほうが不自然であった。

平泉恭次郎は、夜出かけることを藤助にも知られたくなかったのに違いない。

それなら、何故、藤助を供につけて来たのか。

内緒の用事があるのならば、一人で飛鳥山へ来るべきなのに、藤助を供にした。

そこに、新八郎は平泉恭次郎の漠然とした不安をみるような気がした。

考えが停止した時、新八郎はねむっていた。

目がさめたのは雀《すずめ》の声で、すがすがしい朝であった。

藤助と朝飯をすませ、油屋を出ると、

「疲れているところをすまないが、日暮里のほうへ廻ってくれないか」

あかさまと呼ばれていた女の住居をみたいし、竹の市という按摩にも会ってみたいと新八郎はいった。

「よろしゅうございます」

あかさまという女の住居は日暮里だが、竹の市は巣鴨に住んでいるといった。

六国坂から一本杉神明宮の前を通って駒込村のはずれに出る。

巣鴨への道は、松平時之助と藤堂和泉守の下屋敷の間の小道を抜けると、やがて御家人屋敷が続き、追分を南東へ向かうと町屋へ出る。

竹の市の住居は仲町にあった。

裏長屋だが、みたところ小ざっぱりして住み心地は悪くなさそうである。

「弟の正之助と申しますのと二人暮らしでございまして……」

正之助のほうは近くの酒屋へ通い奉公をしていると藤助がいった。

竹の市は家にいた。

近所の年寄が療治に来ている。

新八郎と藤助は外で終わるのを待った。

四《し》半刻《はんとき》足らずで、年寄が帰り、藤助が竹の市に声をかけた。

「これは、親分さん、お出でなさいまし」

盲人特有の、やや顎を上げた恰好で、竹の市は入り口のほうへ顔をむけ、

「どなたか、お連れがございますようで……」

といった。

さすがに勘がいい。

「こちらは、町奉行所の旦那で、隼さまとおっしゃるお方だ」

藤助がいい、新八郎は改めて上がりかまちまで進んだ。

「すまないが、少々、訊きたいことがあって参ったのだ。あまり手間はとらせぬつもりだが……」

「どうぞ、お上がり下さいまし。むさ苦しい所で、弟が居りませんとお茶もさし上げられませんが……」

手探りで座布団を二つ出した。

「あいにく足が汚れているので、ここのほうがいい。どうか、気を使わないでくれ」

上がりかまちに腰を下ろし、新八郎は部屋の中をのぞいた。

六畳に布団が敷いてあるのは、療治に来る客のためだろう。

北側は土間になっていて、へっついと流しがみえる。

「お訊ねとは、どのようなことで……」

にじり寄るようにして竹の市が訊いた。

年齢は二十七、八だろう。両眼《めし》が盲いていなければ、なかなかの美男である。体つきは華奢《きやしや》のようだが、商売柄、指は太い。

「あかさまと呼ばれる女のところへ療治に行っていたそうだが、最初に行ったのはいつ頃のことだ」

「そのことでございましたら、先だって平泉の旦那に、申し上げましたが……」

「隼の旦那がお訊ねなんだ。骨惜しみをしねえで、もう一ぺん申し上げろ」

「別に、骨惜しみをするつもりはございません」

ちょっと肩をすくめるようにして、竹の市が話し出した。

「昨年の秋でございました」

このところ夏になると、日暮里の別宅へ来ている蔵前の板倉屋の主人、庄兵衛というのが脚気《かつけ》を患っていて、三日おきくらいに竹の市が療治に行っている。

「板倉屋さんの寮番の仙三さんから、近くに住んでいらっしゃるお方で、肩を腫《は》らして困っている、帰りに寄ってもらえないかといわれまして……」

家を教えてもらって行った先が日本橋の呉服問屋、若松屋の寮で、

「おかみさんの療治を致しました」

その帰り道に、いきなり呼びとめられたという。

「お女中衆でございました。手をひかれて若松屋さんの寮から、そうたいして遠くでもございませんで……」

連れて行かれた家も、患者は女であった。

「商家のおかみさんではなくて、もうちょっと御身分のあるお方のようでして……」

女中達は旦那様と呼んでいたという。

「あかさまと呼んでいたのは、何度か手前が呼ばれて行くようになって、たまたま、いつものように板倉屋さんの次にお寄りしましたところ、先客がございまして……」

武士のようだったといった。

「そちらが、あかさまの機嫌は如何かと訊いておいでございまして、間もなく、襖《ふすま》

のむこうで、そのお侍とあかさまと呼ばれたお方が少々、話をなさっているのが聞こえました。その声で、手前の療治をして居りますお方の名前があかさまというのだと気がついたのでございます」

「あかさまとは変わった名だな」

「はい」

「どんな話をしていたのだ」

「たいしたことではございません。日々、秋が深くなるので、風邪にお気をつけ下さいというようなことから……春になったら、飛鳥山の花見がたのしみだとか……」

「飛鳥山の花見と申したのか」

「はい、それと、夏の間王子権現の滝に打たれたのが体によかったというようなお話がございました」

「王子権現の滝か……」

不動滝というのが人気があった。

信仰のためと、病気療養のため、或いは暑気封じに、夏、王子まで出かけて滝に当たる者が少なくないというのは、新八郎も聞いている。

「すると、あかさまと呼ばれた女主人は、夏の間、不動滝へ通っていたのであろうか」

「しかとはわかりかねますが、滝のお話が出たのは間違いございません」

「他には……」

「これといって……手前が参っていることをお女中が知らせに行って、そのお客はすぐにお帰りになりました」

目がみえないからどんな客か見当もつかないが、武士の言葉づかいで、声が大きかったといった。

「その、あかさまと呼ばれた女主人の家は、どんな感じなのか」

奉公人や来客について、新八郎が訊ねたのに対して、竹の市は、

「召使いはあまり多いようではございませんでした。手前を呼んで下すったお女中は、おすずさんといいまして、そのお方がいつもお傍にいるようでして、あとは力仕事をする下男でもございましょうか、時折、男の声を聞きまして……」

名前はわからないといった。

「お客のことは……手前が療治にうかがいました時に、お客がみえていたのは、あとにも先にも、今、お話し申しましたお武家だけでございます」

いつも、ひっそりとした家の中の様子だったといった。

「ところで、最後に、その家に行った時のことだが……」

新八郎に水を向けられて、竹の市は少しばかり体を乗り出すようにした。

「はい忘れも致しません。あれは、三月七日のことでございます」

あかさまと呼ばれる女主人の家には、五日おきに療治に行っていて、その日も約束の当日であった。

「若松屋さんのほうへ先に参りまして療治をしている中に、季節はずれの夕立が来まして、雷が鳴り、大雨となりましたので、雨宿りをさせて頂きまして、それでいつもより少々、遅くなりました」

どちらかというと、あまり時刻について、やかましい家ではないので、夕方になってはいたが、杖《つえ》を突いて雨上がりの道を行ってみると、

「家の中が、とりこみ中でして、おすずさんが、今日は帰ってくれと申しました」

患家の都合では仕方がないと帰りかけると、

「おすずさんが追いかけて来て、もう、これからは療治を頼むこともないから、二度とここへは来ないようにといわれました」

「そなたに、その話をした時のおすずの様子はどうであった」

「涙声でございました。それで、手前はつい、御主人様になにかあったのかと訊ねま

したのですが、おすずさんは返事もしないで走って行ってしまいました」

「そなたは、それで帰ったのか」

「日は暮れて参りますし、銭にもならぬところに、いつまでもうろうろしているわけにも参りませんので……」

「翌日、また行ったそうだな」

「はい、どうにも気になりまして、一夜あけてから、弟と一緒に行ってみました。弟の話では、どうも留守のようだと申します。それで、三、四日あとに、たまたま藤助親分にお目にかかった時に弟がお話し申しましたそうでして……」

酒屋に奉公している正之助であった。

それまで黙っていた藤助が、竹の市の言葉を補足した。

「正之助の奉公して居ります酒屋は、あっしの妹が嫁に行って居りまして……」

お里という妹が、正之助から聞いた話を藤助に伝え、改めて藤助が正之助を呼んで話をさせたという段取りらしい。

「あっしも、可笑しいと思いまして、日暮里まで出かけてみました」

その時のお供は正之助で、

「行ってみると、表も裏も板が打ちつけてありまして、雨戸なんぞは釘づけになって居りましたんで、あの近所の名主に訊いてみますと、どこかのお大名にかかわりのある人が住んでいたらしいが、急にひき払ってしまったようで、今は誰も住んでいないらしいと申します」

「女主人が死んだというような話はなかったのだな」

「へえ、名主はなんにも知りませんでした」

それっきりになっていたのを、たまたま、平泉恭次郎が聞いて、藤助にその家を案内させた。

「ひと月近く過ぎていましたんで、家は前にみたよりも荒れていました。誰も居りませんし、持ち主がはっきりしねえのも、前の時と同じでして……」

「平泉どのは、その家について、なにかいわれたのか」

「なんにもおっしゃいません。手前や竹の市の話にうなずいていらっしゃっただけでして……」

「そなたは、これから療治の約束があるのか」

新八郎が訊ね、竹の市が首を振った。

「ございませんが……」

「厄介をかけてすまないが、今から日暮里までつき合ってくれまいか」

駄賃は出すといい、新八郎はいくらかを包んで、藤助から竹の市に渡させた。

「こんなことをして頂いては申しわけがございません」

竹の市は恐縮してみせたが、すぐ身支度をした。

足ごしらえをして、竹の杖を持つ。

日暮里へ行く途中、蕎麦《そば》屋で腹ごしらえをした。

幸い、今日は天気がよく、歩いて行くと汗ばむほどであった。

日暮里のあたりは木立が多かった。

はるかに上野の森がこんもりと眺められ、水田には植えたばかりの稲が日光を浴びている。

日暮里あたりに、文人墨客が好んで別宅をかまえるのが流行のようになって、もう十年余りになる。

その頃に出来た風雅な田舎家《いなかや》とは別に、大商人の寮とでもいった数寄屋《すきや》造りの家も少なくなかった。

盲人のわりに竹の市の足は早い。

その家は土塀に取り巻かれていた。

この付近の家は大方、塀がなかったり、あっても茶や椿《つばき》などの生垣が多かった。土塀というのは珍しい。

塀の中は木が多かった。杉や松や欅《けやき》が大きく枝を広げている。

木戸は表も裏も板が打ちつけられていた。だが、そう厳重なものではなくて、藤助が心得たように腰の十手の先で叩いて開けた。

新八郎が入ってみると、木戸から家までは細く道になっていて、両側に低い庭木が植え込んである。

家そのものは、そう大きくはなかった。

平屋で部屋数は四つばかり。その中の一つの部屋は庭に面していた。

庭には池があった。

岩を配置した、見事なものである。

岩組のところからは、小さな滝が落ちるように出来ていたが、今は水がない。

雨戸は閉まっていたが、無人になってから覗《のぞ》きに来た者があるのか、一枚がこわされて、半分ほど空《あ》いている場所があった。

新八郎も、そこから入った。

部屋は暗かったが、あちこちのすきまから光がさし込んでいて、目が馴れれば不自由なく見て歩ける。

なにもなかった。

調度類はすべて持ち出されている。

がらんとした空間に、すきま風が吹いていた。

家そのものの造作《ぞうさく》は悪くなかった。

殊《こと》に庭にむかった部屋は、違い棚や床柱にかなり贅沢《ぜいたく》をしている。

「どうも、人が住んでいねえと、荒れ方がひどくなります」

この前、ここへ来た時よりも一層、荒廃が目立つと藤助がいった。

竹の市は、廊下に立ったきり、こっちの話に耳を傾けている。

「療治をしたのは、どの部屋かわかるか」

と新八郎が訊くと、かすかに笑った。

「それは、わかります」

庭に面した部屋のほうへ歩いて行った。

「こちらでございます」

ということは、一番上等な部屋に女主人が起居していたもので、この家はあかさまと呼ばれる女が主人だったと考えてよいようであった。

家の中をざっとみてから外へ出た。

雨戸を藤助が閉め、新八郎が先に立って敷地内を一巡したが、広い庭というだけで他にこれといったものもない。

入って来たところからぞろぞろと道へ戻る。

「どうも、奇妙な家でございます」

藤助が呟《つぶや》き、新八郎が竹の市にもう一度、訊いた。

「お前が療治に来た女の家は、間違いなく、ここなのだろうな」

竹の市が強く合点した。

「それはもう、目はみえませんが、一度うかがった家を間違えることはございませんので……」

逆に、目がみえないからこそ、その家へ行く道や、家の入り口などを念を入れて記憶するものだといった。

それに、竹の市がこの家へ療治に来たのは一回ではなかった。

少なくとも、月に六日、最初に行ったのが秋のはじめだから三十回ぐらいは通ったことになる。

「御苦労だった。おかげでいろいろ助かった」

藤助にも紙に包んで、いくばくかの金を渡し、別に駕籠賃をやって竹の市を巣鴨へ送ってやるように頼み、新八郎は二人と別れて上野へ出、広小路から花川戸町へ来て船宿で猪牙《ちよき》に乗った。

舟が吾妻橋をくぐると、右手に町屋が続く。

材木町、駒形町、諏訪町、黒船町、三好町と、流石《さすが》に船頭はよく町名を知っている。

「旦那、一番堀がみえて来ました」

新八郎を、あまり大川にくわしくない客と思ったのか、指して教えた。

成程、御厩河岸《おうまやがし》の先に浅草御米蔵がみえて来て、大川から米俵を荷揚げする舟寄せの堀が一番から八番まで、陸地にくい込んだ恰好で大川へ入り口を向けている。

四番堀と五番堀の間には首尾《しゆび》の松と呼ばれる老樹が川へ枝をのばしていた。

「やっぱり、公方様の御米蔵だけあって、たいしたものでございますねえ」

船頭が新八郎の気をひくような言い方をした。

たしかに、ここは公方様の御米蔵で、将軍家に直属する旗本や御家人衆の扶持米はここから支給されている。

その扶持米の中、家族が食べる分を除いては売って金に代えるわけだが、それを代行するのが札差《ふださし》商人で、この節、とかく生活の苦しい武士の中には、何年も先の扶持米を担保にして札差から金を借りている者が少なくない。

無論、札差のほうは利子を取っての商売で、その利息が貧乏御家人の首をしめつけて行くことになる。

町奉行所に属する与力、同心もこの米蔵から扶持米を受けるのだが、どちらかといえばその生活は豊かなほうといってよかった。

まず、八丁堀の組屋敷に与力は三百坪、同心は百坪からの土地と家屋敷をもらっているのだが、その地所の一部を医者などに貸していたりする。

奉行所のほうには、諸大名から参勤交代の折に必ず、つけ届けがあった。

地方から殿様について来た勤番侍がなにか問題を起した際によろしくという意味でもあり、江戸にある上、中、下屋敷に関して御厄介をおかけするからといった儀礼的なものでもあった。

湊屋《みなとや》襲撃

町奉行所では、そうしたつけ届けの金をまとめておいては、時折、与力、同心に分配する。

大名家の他にも、豪商からのつけ届けもあった。

で、比較的暮らしに困窮することはない。

根岸肥前守について町奉行所の内与力となった新八郎にしたところで、役宅はあるし、役目の手当もつくから、それ以前よりも懐《ふところ》具合はよくなった。

ただ、新八郎の母は質素倹約を旨として、つつましい暮らしぶりを変えなかった。

そのかわり、

「お前様は、お役目でいつ必要があるか知れませぬから……」

と新八郎の財布にはいつでも余分すぎるほどの金を入れて渡してくれたものである。

その母が歿って、郁江を妻に迎えてから隼家の生活は多少、華やかになっているようであった。

郁江は新御番組頭、神谷伊十郎の娘だから、なに不自由なく育っている。嫁入りの時に実家から女中を伴《ともな》って来たほどだし、嫁入り道具も新八郎があっけにとられるほど見事であった。

その郁江に対して、新八郎は別に生活をつましくしろとはいっていない。妻を迎えたからには、家計一切は郁江にまかせて、口出しはしない。それに、今のところ隼家の財政は新八郎が郁江に渡しているもので、充分、足りているように思えた。

蔵前を過ぎて、なんとなく新八郎は左岸へ視線を向けた。

本所から深川にかかるところである。

おや、と思ったのは土手の上を何人かの人が歩いて行く姿がみえたからである。

その人々の服装が、改まっていてよくみると手に数珠《じゅず》を持っているのがわかる。

「あれは、きっと湊屋へ行く人ですよ」

新八郎の視線を追っていた船頭がいった。

「今日がお通夜ってことでしょうから……」

「湊屋……」

「へえ、荷揚げ舟を扱っている老舗《しにせ》ですが、昨夜、盗賊に襲われて、お気の毒に主人の勘兵衛さんが斬り殺されたそうです」

「なんだと……」

急に新八郎の頭の中で湊屋の文字が大きくなった。

たしか、湊屋の娘は高丸龍平の妻になっていた筈である。

「おい、すまないが、どこかで舟を上がりたい。どこでもいい。小名木川へ入ってくれてもかまわないから、舟をつけるところをみつけてくれ」

「承知しました」

船頭は俄《にわ》かに川の左岸へ舟を寄せ、新八郎が命じたように、小名木川へ入って行った。

万年橋のところに舟着場がある。

湊屋は本所石原町にあった。

万年橋で舟から上がった新八郎は大川を陸の上から少し戻る感じで御舟蔵の脇を抜け、竪川に架っている一ツ目橋を渡って本所へ入った。

回向院《えこういん》の門前町から横網町を通ると、道が大川っぷちに出る。

舟から新八郎がみたのは、この土手の上を通って行く男達であったが、その辺りへ来ると鳶《とび》の若い衆が提灯を下げて立っている。

提灯の文字が湊屋であった。

「湊屋が昨夜、盗賊に襲われたと申すのはまことか」

近づいて新八郎が訊くと、若い衆がなにを今更といった顔をしたが、それでも神妙に頭を下げた。

「まことにどうも、とんでもねえことで……」

「主人が殺されたそうだが……」

「旦那だけじゃございません。お内儀《かみ》さんも、里帰りしていなすったお園《その》さんまで、皆殺しで……」

「なんだと……」

それ以上は訊く気にもなれず、新八郎は前方の高張提灯《たかはりぢようちん》をめざして足を早めた。

石原町へ入って驚いたのは、湊屋が半分ばかり焼け落ちていたことである。

焼けているのは住まいのほうで、店はなんとか残っている。

通夜は、その店のほうで行われるらしい。

「旦那……」

声をかけられてふりむくと、まだ、きな臭い焼け跡のほうから源七が走って来た。

「えらいことになりまして……」

お小夜の父親である。

「俺は昨日から飛鳥山のほうへ行っていて、たった今、この近くまで帰って来たところなんだ」

たまたま、乗った舟の船頭から訊いてとんで来たというと、源七は大きくうなずいた。

「さぞ、びっくりなさったと思いますが、昨夜の本所深川は大さわぎで……」

真夜中に源七は半鐘の音ではね起きた。

「外に出てみますと、本所の空が赤くなって居りまして、そのまま、こっちへかけつけまして……」

火事は湊屋だと、万年橋のあたりで野次馬から聞いた。

近所の者や火消しが次々にかけつけて行って消火に当たって、漸く店のほうへ類焼するのを食い止めた。

「湊屋の店の前は堀割になっていますんで、水に不自由はございません」

「盗賊が火をつけたのか」

「それなんでございますが、かけつけた連中は湊屋が火事だってんで参りましたんで、旦那やお内儀さん方が殺されているとは、まるで知らなかったそうでして……」

鎮火《ちんか》してから、住まいのほうへ行ってみて、湊屋の家族が殺されているのを知ったのだと源七はいった。

「焼け死んだのではなかったのか」

「へえ、お園さんの死体は庭にありまして、子供を抱いたまま、背中から斬られて居りまして、むごいことに、子供も首を突かれて死んで居りました」

主人の勘兵衛と、その女房の死体は屋内にあって焼け焦《こ》げていたが、

「お調べでは、斬られて死んでから火に焼かれたんだそうで……」

「奉公人はどうしたのだ」

「奥の住まいのほうは旦那とお内儀さんで、奉公人はみんな店のほうに寝泊まりしていたそうです」

たまたま、昨夜は娘のお園が、子供連れで帰って来ていた。

「奉公人は火事で目をさましたんだそうです。それで火を消すのに夢中でして、旦那やお内儀さんは逃げたと思っていたような按配です」

通夜をしている店のほうから男がこっちへ出て来た。

高丸龍平である。

紋付に羽織袴だったが、髪は乱れ、顔色は蒼ざめている。

この湊屋の娘のお園は、祝言こそあげていないが、高丸龍平の子を産み、妻同様に八丁堀の組屋敷で暮らしていると、大竹金吾から聞いたばかりであった。

「隼どのには、わざわざ……」

いいかけて、龍平は声をつまらせた。

「今、源七に話していたところだが、飛鳥山へ昨日から出かけていて、なにも知らなかった。あまりのことに、驚いている」

「手前も、昨夜からなにがなにやら……ただ茫然としている始末です」

それでも、新八郎を案内して三つの早桶《はやおけ》が安置されている祭壇のほうへ行った。

僧侶《そうりよ》が二人、経《きよう》をあげている。

香煙が立ちのぼっているむこうに供物《くもつ》が並んでいる。

新八郎が焼香をすませると、手代らしい男が別の座敷へ導いた。

どこにも火事場の名残りがあった。

酒の用意も出来ていたが、到底、飲む気持にはなれない。

通夜に来た客は、そこここでかたまってひそひそ話をしている。

「ひどいことになったものだ」

座布団をすすめてくれた手代に訊いた。

「盗賊が入ったのには、気づかなかったのか」

「火が消えるまで存じませんでした」

というのが、こわばった表情の手代の返事であった。

湊屋の店と住まいは中庭をはさんでいて、渡り廊下で行き来が出来るようになっている。

店への類焼を免《まぬが》れたのは、一つには中庭があったせいのようであった。

だが、住まいと店が離れていたために、奉公人は住まいのほうの異変に気づかなかった。

「賊が入ったからには盗まれたものがあるのだろうが、そのあたりの調べはすんだのか」

新八郎の問いに、手代が口ごもった。

「そのことにつきましては、先程、番頭さんが高丸様にお話し申して居りましたが……」

自分の口からはいえないといった。

いますし
「手前と、いま一人、手代の五之助と申しますのと、小僧が二人、女中が二人でございます」

「最初に火事に気がついたのは誰だ」

「番頭さんでございます。番頭さんの声でみんなとびおきまして、母屋《おもや》のほうへ走って参りましたが……」

その時は、主人夫婦の住まいのほうは、殆《ほとん》ど炎に包まれていたという。

「御近所の衆もかけつけて下さいまして、堀割の水を運んで消火を致しましたが、店や他所様《よそさま》のお宅へ燃え広がるのを防ぐのがせい一杯でございました」

母屋は無惨に焼け落ちたが、それで火の勢いも衰えたものらしい。

新八郎が手代と話している中にも、弔問の客が出たり入ったりしている。

高丸龍平は通夜の席から動けないのだろう。こっちには姿をみせない。

「ところで、喪主は誰がつとめるのだ」

「若旦那でございます。お園さんの下に勘太郎さんとおっしゃる方がおいでで……品川の廻船問屋で四国屋さんと申しますところへ奉公に参って居りまして……」

「さぞ、驚いただろう」

「それが、折悪《おりあ》しく四国屋さんの船で西国へ参っているそうで、知らせは出しましたのでございますが……」

いつ、江戸へ帰って来れるのか、今のところ見当がつかないといった。

「運の悪いことだな」

しかし、他家へ奉公に出ていたおかげで生き残ったようなものでもある。

高丸龍平に、慰めの言葉をかけたいと思ったが、そんな折もなさそうなので、新八郎はほどほどに湊屋を辞した。

石原町の辻で駕籠を拾い、数寄屋橋の役宅まで戻って来た時は夜も更《ふ》けていた。

「お帰りなされませ」

郁江が出迎えて、すぐにいった。

「平泉様のおとむらいは、明日とのことでございます」

役宅へ知らせが廻ったもので、明朝、辰の刻に三田久保町にある長久寺で葬儀を行うという。

「御用人の高木様がお奉行の名代《みょうだい》で参列なさる由にございますが……」

「左様か」

新八郎にしても、列席するつもりであった。

「平泉様は飛鳥山での人殺しをお調べになっていて、災難にお遭《あ》いになったというのは本当でしょうか」

新八郎の着がえを手伝いながら、郁江が不安そうに訊いた。

「役宅で、皆の衆は、どのように申して居るのだ」

逆に、新八郎が問うた。

平泉恭次郎の死が、過失か、それとも殺人か、奉行所内での噂が知りたかった。

「それが、召使いが御近所で聞いて参ったのは、谷川へ落ちて水死なさったとか、でも、御自身で足をふみはずされたのか、誰かに突き落とされたのかは、わからないと申して居りました」

あなた様は、飛鳥山へ、その御詮議に参られたのでございましょうと、郁江がいった。

「なにか、怖《おそろ》しいことだったのではございませんか」

「今のところ、どちらかはわからぬ。平泉どのが、探索のために飛鳥山まで出かけられたのは間違いないが……」

「すると、そのために命をお失い遊ばしたのですね」

いよいよ、郁江が蒼ざめた。

「町奉行所のお役目は、危ないことが多いとは承知して居りますが、どうぞ、旦那様もお気をつけて下さいませ」

「そなたが案じても仕方がない」

新八郎は故意に明るく笑った。

「別に町奉行所の役人でなくとも、外に出れば、なにが起るか知れぬのが、この世の中、まさかの時は、鹿之助どのに相談することだ。きなきなしても無駄なことだ」

冗談でいったのだが、郁江は不快そうな顔をして、乱れ箱を片づけている。

新八郎は湯に入った。

風呂の中で考えたのは、まず平泉恭次郎の死であった。

過失にせよ、突き落とされたにせよ、豪雨の中を平泉恭次郎が何故、あんな場所へ出かけて行ったかが疑問であった。

平泉恭次郎の死体が発見されたところは王子権現の境内を取り巻く音無川の一部で、その道は不動滝に通じている。

まさか、深夜、信心のために出かけたとは到底、思えなかった。

誰かに呼び出されたか、連れて行かれたか、或いは……。

新八郎は風呂の中で目を閉じた。

仮に、平泉恭次郎が何者かによって殺害されたとして、その場所は果たして、音無川のあの場所だったのだろうか。

大雨のために、川は水量を増していた。流れも早かったに違いない。

それに、平泉恭次郎は水練が不得意であったらしい。

だが、彼の死体が浮かんでいたところは、背丈《せたけ》の立たない深さではなかった。

もっとも、人は膝までぐらいの深さでも、状況によっては水死することがある。

川の深さだけで判断することは出来ない。

平泉恭次郎が飛鳥山へ出かけたのは、この春、花見の日にさくら茶屋で殺害された身許不明の女の詮議のために違いない。

藤助の話だと、その女は日暮里のほうに住んでいた、やはり正体不明のあかさまと呼ばれていた者と同一人物らしいという。

何故、平泉恭次郎がそう判断したのだろうと思った。

飛鳥山で殺人が行われた同じ日に、竹の市が、日暮里の女の家へ行き、なにやらとり込み中らしいというので、療治をせずに帰った。後日、再びその家へ行ってみると、誰もいなくなっていて、家は無住になっているというだけで、あかさまという女を飛鳥山で殺された女と決めてしまうのはあまりにも無理がある。

竹の市は目が悪くて、あかさまの顔をみていないし、誰も殺された女とあかさまを同一人物と判定する証人はいない筈であった。

にもかかわらず、平泉恭次郎が藤助に、あかさまが、飛鳥山で殺された女だと決定したような言い方をしているのは可笑しいのではないか。

平泉恭次郎ほどの練達の同心が、当て推量でものをいうとは考えられなかった。

なにか他に、あかさまを飛鳥山の女と判断する根拠があったのか、それとも……。

「あなた、お背中をお流し致します」

郁江が裾《すそ》をからげて入って来て、新八郎の思考は途切れた。

翌日、奉行所へ出仕すると、高木良右衛門に呼ばれた。

「本所の湊屋の件は耳に入って居るか」

「昨日、たまたま、日暮里からの帰り道に知りまして、通夜の席へ立ち寄りました」

「湊屋の娘は、本所方の高丸龍平の妻女ということだが、子を伴《つ》れて実家へ帰っていて災難に遭ったということだ」

「高丸とは、僅かですが通夜の席で会いました。気の毒なことです」

うなずいて、高木良右衛門が声をひそめた。

「実を申すと、ちと判断に困って居る」

こうした場合、奉行のほうから少々の見舞い金が出るのが慣例だが、

「先程、本所方与力、近藤作左衛門が申すには、湊屋の娘は高丸龍平の子を産んではいるが、正式にお上にお届けのあった妻女ではないそうな。そのことにつき、新八郎はなにか聞いて居るか」

「手前は大竹金吾から話をきいたのですが、たしかに、湊屋の娘は正式に祝言を上げて高丸家へ嫁入りしたのではないそうです」

それというのも、高丸龍平の亡父が同じ本所方同心の笹井繁之進の娘を悴《せがれ》の嫁にと内々に決めていたのに、龍平が湊屋の娘をみごもらせてしまい、その結果、笹井家との話は破談になった。

「龍平の親父どのが、笹井家に義理を立てて湊屋の娘との祝言を許さなかったそうです」

「子まで生《な》しながら、内縁の妻か」

「左様ですが、高丸龍平にとっては、かけがえのない妻子を一度に失ったわけですから、その傷心は如何《いか》ばかりかと思われます」

「お奉行にも、同じように仰《おお》せであった。形はともあれ、妻女には違いあるまいと
……」

しかし、用人の立場では、こういうことが前例になっても困るのだという。

「頭の痛いことだ」

新八郎としても、それについて意見をいうわけにも行かない。

御用部屋の近くまで来ると、大竹金吾が待っていた。

「昨夜、湊屋へお立ち寄りになったそうで……」

「大川の上から、たまたま、通夜に行く客をみたのだ。船頭から湊屋に賊が入ったと教えられて、とりあえず行ってみたのだが……」

「高丸龍平が感謝していました」

本所方の役人も、湊屋と高丸家の複雑な関係がわかっていて、なんとなく顔出しすることをためらっているふうがあるといった。

「一つには、笹井どのへの遠慮もあるようです」

笹井家の娘の輿入《こしい》れ先を、湊屋の娘が邪魔をした結果になった。

「それは、湊屋の罪ではあるまい」

責められるのは、むしろ高丸龍平であって、

「湊屋にしてみれば、大事な娘を疵物《きずもの》にされたあげく、正式に妻にもしない高丸家に対して腹を立てているだろう」

「おっしゃる通りです」

狭い庭の蹲踞《つくばい》に雀がとまって水浴びをしている。

いくらか、声をひそめるようにして大竹金吾が続けた。

「これは、八丁堀で聞いた噂ですが、高丸家の母親が、湊屋の娘を激しく嫁いびりしているのが湊屋のほうの耳に入り、それほどの思いをして高丸家で辛抱することはない、いっそ、実家へ子供をつれて戻って来るようにと再三再四、お園どのにいって来たそうです」

お園というのが、高丸龍平の子を産んだ湊屋の娘の名前であった。

「多分、お園どのが子供をつれて、実家へ行っていたのは、そうしたことの話し合いのためではなかったかと……」

「そうだったのか」

大竹金吾の話のようなら、昨夜の高丸龍平の沈痛な表情にも、尚更、同情が湧く。

「高丸龍平としては、夫婦別れをするつもりはなかったのだろうな」

「惚れて、屋敷に入れた女房ですから……」

ただ、母親と妻の間に立って、困惑していたようだと大竹金吾はいった。

「龍平にとって、高丸家の母親は義理の間柄ですから……」

高丸龍平は養子であった。

「今一つ、お耳に入れておきたいのですが、湊屋を襲うた賊は、どうも舟を用いたようなのです」

湊屋の店の脇にある堀割の舟着場に、かなりの足跡があったのと、

「湊屋に火の手が上がった直後に、堀割から大川へ漕《こ》ぎ出して行く舟があったのを、対岸の御米蔵の番人が目撃して居ります」

石原町に大川から入り込んだ恰好の堀割は、浅草御米蔵の向かい側の見当であった。

「御米蔵の番人は、たまたま厠《かわや》に起きて、対岸の石原町の空が赤くなっているのに気づき、そっちを眺めていると、石原町の堀割から一艘の舟が大川へ漕ぎ出して来て川下へ下って行くのをみたそうです」

「その舟に乗っていたのが、湊屋を襲った賊だというのか」

「時刻からして、その可能性は充分にあると存じます」

大竹金吾がそこで言葉を切った。

「平泉恭次郎どのの野辺送りには、行かれますか」

「そのつもりだが……」

「では、もう出かけませんと……」

大竹金吾は一たん奉行所へ出仕して、上役の許しを得て三田久保町の長久寺へ向かうところだという。

「同道しよう」

数寄屋橋の奉行所を出て三田へ向かった。

まだ早朝のことで、お堀から立ちのぼる白い靄《もや》が朝陽の中に薄く流れている。

愛宕下《あたごした》の大名小路を抜けて行くと、千代田城へ出仕して行く諸大名の行列に出会う。

それを避けて増上寺のふちを迂回《うかい》して漸く、中の橋へ出た。

そこから、三田久保町はすぐ近くで、寺ばかりが七軒も並んでいる。一つが長久寺であった。

野辺送りに集まったのは、平泉恭次郎と生前、親しくつき合っていた同心達で、その数はあまり多くなかった。

役目があって、三田まで来ることが出来なかった者もあろうが、どちらかといえば、平泉恭次郎はそうつき合いの広いほうではなかったらしい。

僧侶の読経《どきょう》がすみ、焼香があって、形通りの野辺送りがすんだ。

「これからどうなさいますか」

大竹金吾に訊かれて、新八郎は昨夜から考えていた通りを口に出した。

「ここから品川は遠くない。足をのばして品川北本宿まで参ってみようかと思っている」

「品川へお出かけですか」

「湊屋の悴が、品川の四国屋と申す廻船問屋に奉公しているそうだ。今は西国へ参っているそうだが……」

その留守中に、実家が賊に襲われ、両親と姉が死んだ。

「知らせは出したそうだ」

大竹金吾が眉をひそめた。

「西国へ参っているのでは、まだ当人の耳には入って居りますまい」

事件があったのは一昨日のことである。

「それで四国屋へお出かけになるのなら、手前がお供しましょう」

どっちみち、今日は非番だといった。

「それは助かる」

新八郎にしても、気心の知れた大竹金吾が同行してくれるのは便利であった。

三田の同朋町へ出て、蕎麦屋で腹ごしらえをした。

「平泉どのから、飛鳥山の件の探索について、話をきいていた者はなかったのか」

改めて、大竹金吾に訊ねた。

「どうもないようです」

蕎麦湯を飲みながら、大竹金吾がいいにくそうに話した。

「平泉どのというのは、こう申してはなんですが、功名心には人一倍、強いものをお持ちで、あまり探索の内容を仲間に洩らすことがないそうです」

万事、一人で事件に取り組み、一人で解決する。

「そういうところが、多少、定廻りの方々に嫌われてもいたそうで……」

探索のやり方はかなり強引で、時には根拠もないのに犯人に仕立てられ、吟味の結果、無罪放免になった者もあるらしい。

「ところで、平泉どののお出入り先の大名屋敷はどこどこか、わかるか」

町奉行所の役人は、なにかで大名家と縁故のある者が多かった。大名家の江戸の留守居役などが縁故をたよって、町奉行所の役人とよしみを求める。

それは、江戸にある上屋敷、中屋敷、下屋敷になにかあった場合、よろしくという意味もあり、家中の侍が事件を起したような時、何分の配慮を願うといった理由であった。

で、目先のきいた役人ほど、よい大名の出入り先を持っている。

「平泉どのは、あまりこれといって良いお出入り先を持っていなかったのではありませんか」

それは、今日の野辺送りに、そうした大名家から誰も人が来ていなかったことでわかったと大竹金吾はいった。

「本来なら、然《しか》るべき人が香奠《こうでん》を持って来るものです」

「大名家からのつけ届けなどを受けるのを、いさぎよしとしない男だったのか」

たまには、そういう律義者もいる。

「そうではなくて、たまたま、よしみがなかったとお考えになったほうがよいかと思います」

平泉恭次郎が格別、清廉潔白《せいれんけっぱく》だったとは思わないと大竹金吾はいった。

「仲間内のことを悪く申すようですが、以前、さる商家から大金を受け取った事件がありります」

その家の世間には洩れては困る秘事を知って、脅迫まがいなことをした。

「あまり、しばしばなので、この家の主人がたまりかね、奉行所の上役に訴え出て表《おもて》沙汰《ざた》になりました」

そういうことがあっても、平泉恭次郎が免職にならないのは、つけ届けや口封じのために金品を贈るのが、常識のようになっているからで、

「それでも、平泉どののやり方は町奉行所の面汚《つらよご》しだと、非難をされました」

過去にそうした不名誉な事件を起しているので、大竹金吾は平泉恭次郎が清廉の士ではないと断言した。

「すると、たとえば、なにかで大名家とよしみを持つことが出来れば、喜んでそうしたということになるだろうか」

新八郎がそんなふうに考えたのは、日暮里のあかさまの住んでいた家が、どうも大名家にかかわりのある者の持ち家らしいと聞いたのを思い出したからであった。

「それは、おっしゃる通りだと思います」

例えば、大名家のほうになにか事件があったのを、平泉恭次郎が知ったとして、むこうから口止めがわりに、今後よろしくと話があったら容易に承知しただろうと大竹金吾はいう。

「なにか、隼どのに思い当たられることがおありですか」

問い返されて、新八郎はかぶりを振った。

「いや、ただ、訊いてみたまでだ」

日暮里のあかさまの家に関する情報は、不確かなものであった。

軽はずみに大竹金吾の耳に入れてよいとは思わない。

三田から田町に出た。

海が近いから、風に乗って汐の匂いがして来る。

漁師の家が多く、空地の砂浜には魚を干しているのがみえた。

どこかに似ていると思い、新八郎は南飯田町だったと気がついた。

西本願寺から大川へ向かった川っぷちの町である。

海手屋へ行く時、みた風景であった。

あれは大川の河口であったが、やはり海が近く、大地は砂であった。

海手屋を思い出したことで、新八郎は海手屋の娘のお香と高丸龍平の仲が気になって来た。

高丸龍平には、親にさからって夫婦になろうと決めた湊屋の娘、お園がいた。

だが、そのお園は実家で賊に襲われ、子供と一緒に命を落とした。

湊屋の娘と、海手屋の娘と、どちらも荷揚げ屋の娘である。

「湊屋だが、高丸龍平があそこの娘と夫婦になった頃は、全盛だったのだろうな」

初夏の日ざしに目を細くして新八郎が訊いた。

袖ケ浦

海はよく晴れていた。

袖ケ浦と呼ばれているこの辺《あた》りは、品川沖へ向かって入江が大きく弧を描いていて、その東のすそに御浜御殿があり、西の方には品川の宿場町がある。

砂地は歩きにくかったが、海からの風は、むしろ心地《ここち》よい。

「本所の湊屋は、荷揚げ屋としては老舗のほうでした」

一昨日、盗賊に殺害された主人の勘兵衛の父親に当たるのが俠気のある男で人望があった。

「荷揚げ人足と申すのは、日当で働くのが建前ですから、仕事にあぶれたりすると忽《たちま》ち、一家が困窮致します」

その日暮らしだから、家族に病人が出たりすると目もあてられない。

「暮らしに困って、娘を吉原へ売るなどという話をよく聞いたものですが、先代の勘兵衛はそういった連中の面倒をよくみてやったと申します」

自分はそういう話を、父から聞いていると大竹金吾はいった。

「随分と、いい得意先を持っていて繁昌《はんじよう》していたようですが……」

「やはり、海手屋に得意先を奪われたというのは本当か」

「それもあるでしょうが、先代が歿《なくな》って、今の主人になってから、少しずつ家運が傾いたといった感じがします」

殺された勘兵衛はお人よしで、しかも、なかなかの趣味人だったらしいと大竹金吾がいった。

「だいぶ以前に聞いたことですが、金魚に凝《こ》っていて、一匹、何百両もするような蘭鋳《らんちゆう》などを大層な自慢にしていたそうです」

「金魚が何百両もするのか」

「珍種となると、そのようですが……」

「金魚に何百両は豪儀だな。ああいうものは、ちょっとした餌《えさ》のやりすぎだの、水の具合で、あっけなく死んでしまうというが……」

「珍種ほど手がかかり、弱いものらしいですな。そういえば、湊屋でも飼育の世話をしている女中の粗相で、主人が大事にしていた金魚が死んで大さわぎになったことがありましたよ」

　まだ大竹金吾が見習いで奉行所に出仕していた頃で、

「女中が責任を感じたのですか、川へ身を投げたのです」

「死んだのか」

「死体は上がりませんでしたが、大川の水死人は流れによっては、海へ出てしまうとかで、死体が上がらなかったといっても、生きているとは限りません」

「たかが、金魚一匹で身投げか」

「何百両もする金魚となると、そういうことにもなります。別に、主人が女中を強く叱ったということでもなさそうなので、お上のおとがめは受けませんでしたが、その辺から湊屋の人気が落ちたような気がします」

　高丸龍平が湊屋の娘といい仲になったのは、その事件よりもあとのことだが、

「それでも、お園が高丸家へ入った頃は、まだ、商売が左前という話はきいていませんでした」

「昨今は左前なのか」

「八丁堀で耳にはさんだことですが、湊屋は高丸龍平に口をきいてもらって、蔵前の板倉屋から千両の金を借りたようです」

「すると、まさか一昨日の盗賊は……」

「その千両を奪って行ったというのですが、真偽のほどはわかりません」

「それが本当なら、高丸は困った立場になるだろうな」

千両の保証人になっているのなら、湊屋が皆殺しになった今、責任は高丸龍平にかかって来る。

「湊屋には、もう一人、悴がいますが……」

品川の廻船問屋、四国屋に奉公している勘太郎であった。

「まだ二十そこそこですから、湊屋をたて直すといっても、荷の重いことでしょう」

その勘太郎の奉公先である四国屋は品川宿の手前にあった。

がっしりした二階家で、階上に望楼がついている。

麻布に波を描いた暖簾《のれん》を大竹金吾が先にくぐった。

湊屋の勘太郎のことで来たと告げると、番頭が心得顔で頭を下げた。

「ここは店先でございます。どうぞ、奥へお通り下さいまし」

黒光りのする大黒柱の脇を通って廊下伝いに奥座敷へ案内する。

番頭がひっ込むと、すぐに主人がやって来た。

「手前が五郎兵衛でございます」

長身で骨太の体つきだが、柔和《にゅうわ》な顔であった。特に眼許《めもと》が優しい。

「湊屋さんは、とんだことで……」

昨日、知らせをもらって、とりあえず本所まで行って来たという。

「あいにく、勘太郎は西国へ行って居りまして、只今、江戸へ戻る船の上でございます」

四国丸という四国屋の持ち船で、今回は灘《なだ》の蔵元から江戸の酒問屋へ、今年の酒の荷を運ぶための航海だと五郎兵衛はいった。

「勘太郎にとっては、はじめての船旅でございましたが、その留守中にあのようなことが起りますとは……」

「勘太郎は、いつから、この店に奉公して居るのだ」

新八郎が訊いた。

相手が与力という格別の身分なので、四国屋はへりくだった態度で答えた。

「十五の年からでございまして、間もなく五年になろうかと存じます」

主人の言葉に番頭が頭を下げた。

「今年の春、小僧から手代になりまして……」

四国屋では、手代にならないと航海には出さない。

「湊屋は荷揚げ屋だが、一人息子を廻船問屋へ奉公に出したのは、何故なのだ」

商売としては、まるで違う。

「湊屋さんが、手前共へ勘太郎をあずけましたのは、手前の亡父と、湊屋さんの先代が昵懇《じっこん》だった御縁でございますが、歿られた勘兵衛さんは悴さんに度胸《どきょう》をつけさせたいとお考えのようで……」

一つには他人の家の飯を食って苦労を知ること、二つには航海に出て度胸をつけることだといった。

「それに、手前共は廻船業のかたわら、その船の荷を陸に上げる、いわゆる荷揚げ業のほうも致して居ります。勘太郎は何回か航海を経験した上で、荷揚げのほうの商売へ移す腹づもりでございました」

「成程、そう訊くと合点が行く」

「二十二、三にもなりましたら、湊屋さんのほうへお返しする考えで居りましたが……」

その湊屋は盗賊のために一家が殺害され、商売のほうも、この先、どうなるか心細い限りであった。

「勘太郎が戻って参りましたら、よくよく談合し、なんとか身の立つようにしてやりたいと存じては居りますが……」

「勘太郎と申す男はどうだ。商人としてやって行けそうか」

「手前の母などは、先代勘兵衛どのの気性を受け継いでいると、よく申します。手前共の店では、知り合いの悴だからといって容赦《ようしゃ》は致しませんので、随分とつらい点もあったのではないかと存じますが、泣きごと一つ聞いたことがございません」

五郎兵衛が番頭をふりむき、番頭が一膝《ひとひざ》乗り出すようにした。

「旦那のおっしゃる通りでございます。勘太郎は小僧仲間から人望がありまして、親分肌とでも申しますか、弱い者を助け、なにかにつけて力になってやるふうでして、日頃から下の者に慕われて居りました」

仕事には熱心だし、忍耐力もある。

二十歳になるかならずで手代に昇進したのも、そうした実績があったからだといった。

「すると、仮に湊屋が潰《つぶ》れても、勘太郎はこの店で充分、才能をのばすことが出来そうだな」

「それはもう、将来は手前の片腕になるような若者でございます」

五郎兵衛の言葉は満更《まんざら》の世辞でもなさそうであった。

「勘太郎の乗った船が、品川へ戻って来るのは、いつ頃のことか」

「早くて、もう三、四日後になるかと存じますが……」

湊屋のほうでは、勘太郎が戻ってから正式の野辺送りを営むとかで、とりあえず、仮埋葬をするようだと五郎兵衛がいった。

「手前共も、四国丸が品川沖に姿をみせる日を一日千秋の思いで待って居ります」

一刻ばかりで、新八郎は大竹金吾と共に四国屋を辞した。

「勘太郎と申す男は、なかなかのしっかり者のようだな」

海沿いの道をひき返しながら新八郎がいった。

「彼が生き残ったのは、湊屋にとってせめてもの幸せというべきかも知れぬ」

「手前も、そのように存じます」

高丸龍平が力を貸してやれば、歳月はかかるだろうが、湊屋を再興するのも夢ではないかも知れないと、大竹金吾は明るい口ぶりでいった。

「勘太郎は、高丸龍平をどのように思っているかだが……」

高丸龍平がお園を妊娠させたのは、勘太郎が四国屋へ奉公に出たあとになる。けれども、品川にいても姉の噂は耳に入っていただろうと思われた。

「正式に祝言をあげ、高丸家の嫁に迎えたのならともかくも、子供まで産まれながら、日蔭の身のような扱いを受けていたのを、勘太郎がどう思っていたか。そのあたりが気になるところだ」

「高丸を怨《うら》んでいると申すことですか」

「憎まないまでも、快くは思っていなかったのではないか」

それが肉親の情だと、新八郎は思う。

「品川へ戻って来て、今度の事件を知った時、勘太郎がどう反応するかだ」

「高丸龍平の援助は受けないということですか」

「高丸も、すんなり勘太郎と手を結ぶかどうか。彼にも言い分はあるだろう」

「たしかにそうかも知れません。手前の考えは早計というものでした」

高丸龍平が仲介の労を取って、板倉屋から千両の融通を受けたのが、ひょっとして盗賊にねらわれるきっかけになったとも考えられるし、湊屋に対する高丸龍平の立場はなにかと複雑なものであった。

数寄屋橋の奉行所へ戻ったのは、もう夜で、がらんとした御用部屋に高丸龍平がすわり込んでいる。

「平泉どのの野辺送りに出かけられたときいていましたが……」

といわれて、新八郎は少し、ためらったものの、結局、品川の四国屋へ行ったことを話した。

なまじ、かくしても大竹金吾の口から洩れるかも知れないと思ったからである。

「湊屋の悴は、三、四日の中に帰ってくるような話だったが……」

「海が平穏ならばと申すことでしょう」

一刻も早く戻って来てもらいたいと高丸龍平は、この男らしくない吐息を洩らした。

「手前一人では、どうにもなりません」

湊屋の娘聟《むすめむこ》には違いないが、晴れて盃事《さかずきごと》をした仲ではないし、そのお園が事件に巻き込まれて死んでしまった。

「湊屋の店のことについて、手前は口出し出来る立場ではありません。番頭や手代も、ひたすら、勘太郎の戻るのを待っています」

悪いことに、湊屋を襲ったのは海賊の仕業《しわざ》だという噂が広がりはじめているといった。

「海賊だと……」

「それも、手前のせいだと申すのです。手前が海賊の探索にかかわり合っているので、その手前に縁のある湊屋を故意に襲ったと、誰が考えたことか、辻褄《つじつま》が合っているので怒り切れません」

如何《いか》にも無念そうであった。

「他から耳にしたことだが……」

この際、新八郎も彼に訊いておきたいことがあった。

「湊屋は最近、板倉屋から千両という金を融通してもらい、その仲介に立ったのが貴公だというが……」

高丸龍平が苦い笑いを洩らした。

「その通りです。湊屋の主人、勘兵衛に泣きつかれて、止《や》むなく板倉屋に頭を下げて来ました」

「たいしたものではないか。蔵前の板倉屋に千両、吐き出させるとは……」

蔵前の札差の中では、計算高い男といわれている。算盤《そろばん》に合わない金の貸借は断じてしないという評判でもあった。

「湊屋は返すあてがあると申したのです」

「あてがあるとは……」

「次に阿波から御用船が入れば、と申して居りました」

「阿波の松平家の御用船が入れば、千両返せると申したのか」

「たしかに……」

かつて湊屋は阿波の松平家の御用を承っていた。

御用船が大川口に入れば、荷揚げの御用は湊屋へ下るかも知れない。

だが、荷揚げの費用で千両ということはなかった。せいぜい、その百分の一でもあろうか。

格別、積荷が多かったとしても知れている。

「いったい、どういうことなのだ」

「手前にもわかりません。勘兵衛もそのことについては、なにも申しませんでした」

とにかく、高丸龍平は勘兵衛に頼まれて板倉屋へ橋渡しをした。

「なんであれ、恋女房の実家のことです。それに、母の許しが得られず、今だにお園を世間へ女房として披露も出来ず、そのことで湊屋にすまないという思いもありましたので」

その気持は、新八郎にも納得出来た。

だが、彼が死んだお園を恋女房と呼んだのには少々の抵抗がある。

海手屋のお香と高丸龍平の逢い引きを目撃しているためであった。もっとも、あれを逢い引きと断定するのは短絡《たんらく》すぎるかも知れない。

屋形舟の中で、二人が一緒にいたからといって、恋仲とは限らなかった。

海手屋の娘が、高丸龍平に思いをよせているのは間違いないとして、龍平のほうはどうなのか。

若い女のひたむきな思慕をもて余しているだけで、彼自身はなんとも思っていないということもある。

第一、湊屋のお園と高丸龍平は相思相愛の間柄であり、彼女のために、龍平は養父の決めた縁談を断っている。

「湊屋が、千両の融通を受けたということを、どうして海賊が知ったと思うのだ」

新八郎の問いに、龍平は眉をひそめた。

「隼どのらしくもないお言葉ですな。仙台藩の御用船を襲撃したことからしても、海賊どもに怖るべき早耳があるのは推量出来ましょうが……」

どういう手段を使っているのかは不明だが、しっかりした情報を摑んで来る組織を持っているに違いないと龍平はいった。

「湊屋が、板倉屋から千両を借りたことは、蔵前でも、又、本所でもかなりの評判になっていました」

「そういうことだったのか」

あっさり、うなずいて新八郎は高丸龍平を眺めた。

「おぬし、湊屋の勘太郎に怨まれるかも知れんな」

廊下に足音がして、用人の高木良右衛門が顔を出した。

新八郎をみて、軽く顎をひいた。

「お奉行がお呼びである。すぐに行け」

御用部屋を出て、新八郎は暗い廊下を根岸肥前守の部屋へいそいだ。

練達な能吏《のうり》といわれる肥前守の机の上にはうずたかく書類が積んである。

「平泉の野辺送りに参ったそうだな」

新八郎をみると、すぐにいった。

「なにか、気のついたことはないか」

「少々、ございました」

古参の定廻りにしては、出入り先をあまり持っていなかったことだと、率直に新八郎はいった。

「然るべき方より香奠《こうでん》も参らず、香華《こうげ》をたむけに参った者もございませんでした」

町奉行所の役人の慣例からすると珍しいことだと説明するのを、肥前守は苦笑して聞いている。

「といって、平泉が廉直《れんちょく》の士と申すのでもございませんでした。むしろ、金蔓《かねづる》を求めていた気配すらございます」

大竹金吾の話を、そのまま、語った。

「これは、今のところ、当て推量の域を出ませんが、ひょっとすると平泉恭次郎は飛鳥山の殺人を探索する中に、よい金蔓をみつけたのではないかと存じます」

日暮里のあかさまという女の話をした。

肥前守は無言で部下の報告に耳を傾けている。

「あかさまという呼び名からして、まともとは思えません」

おそらく本名は別にあって、世間を憚《はばか》るための呼称ではなかったかと新八郎は意見を述べた。

「しかも、周辺の者の話では、その女の住む家は、大名家にかかわり合いのある者の持ち物らしいと申します」

「いずれの大名家か」

「わかりません。噂に名前も出て居りませんようで……」

「そのあかさまと申すのが、飛鳥山の身許不明の女だと、平泉は考えていたそうだな」

「御意……但し、その根拠はまことに杜撰《ずさん》としか申しようがございません」

竹の市という按摩の話だけで、あかさまを飛鳥山で殺された女と結びつけるのは乱暴すぎる。

「平泉どのが、あえて、あかさまを飛鳥山の女だと申されていたとすると、それにはなにか裏があると考えたほうがよいかと存じます」

「平泉は、なにかをかくしていたと申すのか」

「少なくとも、竹の市の話は一つのきっかけだったのではないかと存じます」

そこから探りを入れて、もっと多くの、なにかを摑んだ。

「それが、平泉の命とりになったというのだな」

平泉恭次郎は誰かの弱味を握ったのではないかと、新八郎はいった。その弱味を利用して、今後、自分に便宜なような方向へ持って行こうとしたが、相手は逆に、平泉の口を封じた。

「それが、王子権現の音無川だったと手前は推察して居ります」

根岸肥前守が、大きくうなずいた。

「ありそうなことだの」

「残念なのは、平泉が自分の探索したことについて、誰にも洩らしていないことです」

単独で事件に取り組んでいたばっかりに、彼が死んだ今、彼が摑んだに違いない糸が切れてしまった。

「左様であろうか」

脇息に片手をおいて、肥前守は新八郎をみた。

「と仰せられますと……」

「平泉は老練の定廻りじゃ、探索を進める中、新八郎の申すように、何者かの弱味を摑んで、それを己れの利得にしたいと考えたとすれば、当然ながら、その危険も承知していたに違いない」

九分通り、自分の思い通りになると思っても、残りの一分に不安を感じていたとしたら、

「万に一つの場合をおもんぱかって、なにかの手がかりを残しておくものではないのか」

自分の身になにかがあった時、それまでに自分が調べ上げたことを、誰かに托したい気持があろうと、肥前守はいった。

「なにか、心当たりはないか」

新八郎が考え込んだ。

平泉恭次郎が死んだあと、御用部屋に彼の仕事に関する心おぼえのようなものがないかは、上役が調べていた。その報告は勿論《もちろん》、新八郎も訊いていたが、飛鳥山の殺人事件に関しては、すでに新八郎が彼から聞いていたこと以外は一行も書かれていなかった。

「もし、新八郎が平泉だったら、どうする。極秘の探索を続けている中《うち》に、万一、おのれの生命の危険を感じたとしたら、どのような方法で調査のこれまでを予に伝えようとするか。そのあたりを、とくと考えてみよ」

肥前守にいわれて、新八郎は御前を下《さが》った。

たしかに、平泉恭次郎のような探索方をつとめている者は、本能的に危機を悟《さと》った場合、なんとかして、自分の調査の結果を誰かに知らせたいとするに違いない。

それとも、あらかじめ、身辺のどこかに自分の知ったことを書き残しているかであった。

主君の意を受けて、翌日、新八郎は八丁堀の組屋敷へ出かけた。

平泉恭次郎の屋敷へ行き、家人の許しを得て、故人の身辺のものなどをみせてもらったが、なにもなかった。

「御用むきのことは、一切、家では話を致しませんでしたので……」

野辺送りをすませたばかりで、まだ、心が落ちつかないという未亡人は、あまり表情のない顔でいった。

「御用の話ではなくとも、近頃なにか、格別のことがござらなかったか」

新八郎の問いに、未亡人は暫くためらっていたが、

「どのようなことでもよい。僅かのことが、殺られた平泉どのの仇を取るきっかけになるやも知れぬ」

といわれて、口ごもりながら打ちあけた。

「歿ります五、六日前だったと存じますが、十両ほどの金を頂きました」

どこからもらったともいわず、好きに使ってよいと、機嫌のいい声でいったという。

「これからは、今よりも暮らしがよくなるというようなことを申しました」

「その金は、まだお手許におありだろうか」

「はい」

仏壇から、奉書に包んだ十両を出して来て、新八郎にみせた。

小判が十枚、それを包んである奉書紙はなかなか上等のものだが、別になにも書い

てない。

「これを、平泉どのが渡された日のことだが、その日はどこへ出かけられたか御存じか」

渡されたのが夜だったと訊いて、新八郎が問うた。

「朝、いつものように御奉行所へ参りましたので……」

定廻り同心は組屋敷から奉行所へ出仕して、それから町廻りに出かける。

「お帰りになられた時、どこの町へ行かれたとか、そのような話は出なかったものか」

「別に……」

うつむいていた未亡人が、ふと顔を上げた。

「そう申せば、あの日はお土産《みやげ》がございました」

深川・宮川の鰻《うなぎ》の折詰めだったといった。

「自分は夕餉《ゆうげ》をすませて来たので、私どもが頂くようにと申しました」

「深川の宮川でござるか。それはよいことを思い出して下さった」

八丁堀を出て、新八郎はその足で永代橋を渡った。

深川の宮川といえば、数多い鰻料理の店の中でも、名の知れている家であった。

店の造りは料亭のようで、座敷がいくつもあり、武士や豪商などが常連客と聞いている。

「隼どのではありませんか」

門前町へ入ったところで、新八郎に声をかけて来たのは大竹金吾であった。

「ちと所用がありまして、この先の材木問屋まで出かけた帰りです」

深川に、なにか御用ですかと訊かれて、新八郎は平泉恭次郎の未亡人の話をした。

「成程、それで宮川へお出かけになるのですか」

大竹金吾が目を光らせた。

「おさしつかえなくば、お供をさせて下さい。宮川なら手前は少々、存じて居ります」

新八郎に異存はなかった。

定廻りで町方に顔のきく大竹金吾が同行してくれることは、むしろ有難い。

宮川は、ちょうど昼飯の客が終わった時分で、店はすいていた。

大竹金吾が先に話をして、小座敷のようなところへ案内された。

酒と少々の肴《さかな》が出たが、これは新八郎が女中に命じて下げさせた。こうした店で役目を利用して只飲み、只食いをする気はない。

主人は、すぐに座敷へ来た。

「どうも失礼を致しまして……」

改めて茶が運ばれた。

「少々、訊ねたいことがあって参ったのだ。あまり気を使わないでもらいたい」

およその日を新八郎はいった。

「定廻りの平泉恭次郎が夕刻、ここで会食をした筈だが……」

主人はすぐに答えた。

「あれは、この月の八日でございました」

「同席したのは、どのような者だったか」

「それが……湊屋勘兵衛さまで……」

さすがに、新八郎は驚いた。

「本所石原町の湊屋勘兵衛か」

「左様で……」

「勘兵衛一人が、平泉と飯を食ったのか」

「奥のお座敷で、なにやらお話をなさいまして、その後、料理をお運び申しました」

用談中は女中も座敷へ来ることを禁じていたという。

「余程、御内密のお話だったようで……」

土産の折詰めは勘兵衛が命じたものであった。

「湊屋さんは、あのようなことになりまして、まことにお気の毒でございます」

湊屋勘兵衛が盗賊に襲われて家族もろとも殺害されたことであった。

「湊屋勘兵衛はよく当家へ参っていたのか」

思い直して、新八郎が訊いた。

「はい、御贔屓《ごひいき》にして頂きました」

「平泉が、勘兵衛と一緒に来たのは、それ以前にもあったのか」

「いいえ、八日がはじめてでございました」

平泉恭次郎は定廻りの旦那なので、顔見知りだが、座敷へ客として上がったのは、勘兵衛と同行した一度きりだと、宮川の主人はいった。

「手間をとらせた」

宮川を出て、新八郎はいささか途方に暮れる思いであった。

その目の前に駕籠が止まった。下りたのは痩《や》せぎすで背の高い男であった。身なりからいって、相当、裕福な商家の旦那といった印象を新八郎は持った。

その男は、大竹金吾をみると軽く会釈《えしやく》をし、せかせかと宮川の店へ入って行った。

「板倉屋利平でございます」

そっと大竹金吾がささやいた。

「板倉屋というと、高丸龍平が湊屋のために千両を借りてやった……」

「その板倉屋です」

新八郎が歩き出し、大竹金吾があとに続いた。

「飯時《めしどき》にしては遅すぎるが……」

宮川へ入って行った板倉屋のことであった。

「人に会うためかも知れません」

新八郎の顔色をみて、大竹金吾がいった。

「手前が訊いて参りましょうか」

曖昧《あいまい》に新八郎がうなずいた。

「そうだな」

大竹金吾は宮川へ戻って行き、新八郎はゆっくり歩いて富岡八幡の前まで出た。

そのあたりでさりげなく待っていると、大竹金吾が小走りに近づいて来た。

「板倉屋は一人だそうです」

「一人……」

「出先で昼飯を食べそびれて、空腹なので寄ったと申したそうで、奥座敷で遅い腹ごしらえというわけですな」

大竹金吾の報告で、新八郎は苦笑した。

千両を右から左へ用立てるほどの大商人なら、宮川の奥座敷で昼飯を食べても不思議ではない。

「それにしても、平泉どのがどうして勘兵衛から十両を受け取ったのでしょうか」

永代橋の方角へ歩きながら、大竹金吾が訊いた。

「十両の出所は、湊屋勘兵衛と思うか」

「他に考えようがございますまい」

定廻りの同心の中には、つけ届けの金がめあてで大商人とつき合いを持つ者もいる。

音無川《おとなしがわ》

湊屋勘兵衛と平泉恭次郎を結ぶものは、なにもなかった。

湊屋の娘聟に、同じ町奉行所の役人である高丸龍平がいる。

もし、勘兵衛がなにかの理由で町方役人とよしみを通じておかなければならないというのなら、高丸龍平でよかった。

「湊屋は、高丸龍平に内緒で、平泉どのになにかを依頼したのでしょうか」

大竹金吾が、ぽつんといった。

「案外、身内にはいいにくいこと、頼みにくいことというのがありはしませんか」

それについて、新八郎はなにもいわなかった。

心が、なんとなく飛鳥山へ向いていた。

この事件のそもそもは、高丸龍平に誘われて飛鳥山へ出かけたことに端を発している。

探索が行きづまったら、ふり出しに戻れというのが、新八郎の信念であった。

永代橋の手前で、新八郎は大竹金吾と別れた。

「これから、駒込まで行って来る」

といった新八郎を、大竹金吾はいささかあっけに取られて見送っていた。

新八郎が足を向けたのは、深川佐賀町の船宿であった。

舟の支度の出来る間、新八郎は土間に面した小座敷で待っていた。

そこから見下ろせる舟着場にたまたま一艘の舟が着いた。

新八郎がまず気がついたのは、その舟の船頭が辰吉だったことである。

緋桜小町のお小夜の父親、源七のところの若い衆である。

なんとなく眺めていると、舟から上がって来たのはお柳であった。続いて、もう一人、小肥りの商家の旦那風の男が辰吉に心付《こころづけ》を渡している。

「こいつはどうも……」

受け取った金が余程、多かったのか、辰吉の礼が威勢よく聞こえた。

「おや、隼の旦那……」

なにげなく上がって来たお柳が新八郎をみつけた。

「お久しぶりでございます。その節は……」

小腰をかがめて挨拶をした。

「お珍しいじゃございませんか。深川へは……まさか、お小夜をお訪ねだったんでは……」

お柳の気の回し方に、新八郎は照れた。

「いや、そうではない。野暮用で宮川まで行って来たんだ」

「深川までお出かけなら、ちょっとお小夜の顔をみて行って下さいまし、あの子、寝てもさめても隼の旦那様……買って頂いた櫛《くし》を眺めて溜息ばっかりついているんですよ」

派手にまくし立てられて、新八郎はいよいよ汗をかいた。

お柳の背後にたたずんでいる男が、面白そうに眺めている。

幸いというか、舟の支度が出来たと若い衆が知らせて来たので、新八郎はお柳の矛《ほこ》先《さき》をかわして土間を下り、舟着場のほうへ逃げ出した。

舟着場では年配の船頭と辰吉がなにやら話していたが、新八郎をふりむいたのは辰吉のほうであった。

「旦那の御用でござんしたら、あっしがお供をさせて頂きます」

年配の船頭はいささか不満そうだったが、辰吉はもう舟に乗り移っている。

新八郎は、仕事にあぶれた船頭にいくらか渡してやって、舟に落ち付いた。

「旦那、かえって、どうもすみません」

辰吉は小鬢《こびん》に手をやって頭を下げ、それから大きく竿を突っ張った。

「行ってらっしゃいまし」

船宿の女房が舟の舳先《へさき》を押して愛想をいった。

舟を川のなかほどまで押し出してから、辰吉は艪《ろ》に取りついた。

上流へ向かうのは、けっこう船頭にとって骨の折れる力仕事である。

「今、戻って来たばかりなのに、気の毒したな」

なまじ、新八郎の顔を知っていたばかりに、気をきかせて供を志願した。

「なに、さっきは、ほんの近まへ行っただけでござんすから……」

「お柳さんは、どこへ行ったんだ」

「本願寺さんへお詣《まい》りで……」

「もう一人、小肥りの男がいたな」

「あちらは阿波屋の番頭さんで、ちょうど深川へ用足しにお出でなさるというので、お乗せして来ました」

川風が心地よく感じられる季節であった。

夏は、もう近い。

はじめて、高丸龍平と飛鳥山へ行ったのは花見の頃であった。

「こんなことを、旦那のお耳に入れていいかどうかわかりませんが、お小夜ちゃんに縁談があるのを、御存じですか」

暫く、黙々と漕いでいた辰吉が、思い切ったように口を開いた。

どうも、そのことがいいたくて、この舟の船頭を交替したような気配である。

「お小夜に、縁談だと……」

寝耳に水という感じだったが、新八郎は平静を装った。

「そりゃあ、あれだけの器量よしなら、縁談は多かろう」

花の盛りの年頃であった。

いや、むしろ、やや遅いくらいのものである。

評判の美女で、気立ても申し分ないのに、嫁に行かないのは、父一人、娘一人の家庭の事情によるものだと、新八郎は想像していた。

「今度、名乗りをあげたのは、どこのどなたさまなんだ」

新八郎の問いに、辰吉が眉をしかめるようにした。

「そいつが……板倉屋なんで……」

「板倉屋利平か」

「へえ」

「板倉屋なら、先刻、宮川の前でみかけたばかりだが……もう、いい年齢《とし》じゃないのか」

痩せぎすで背が高く、苦味走《にがみばし》った男前であった。

「四十六だって話です」

辰吉の口調が、どこか不貞《ふて》くされている。

「まるで、親子じゃないか」

「そうなんで……源七親方だって、五十そこそこですから……」

「板倉屋は、女房をなくしたのか」

年恰好《としかっこう》から考えて、おそらく二度目と思われたが、

「いえ、嫁取りははじめてなんだそうです」

「随分と遅いんだな」

「その代わり、あっちこっちに妾のような女がいるという評判で……女房がなくとも、まるっきり不自由はないって奴です」

「それが、お小夜を女房にしたいといい出したのか」

板倉屋といえば、蔵前の大店であった。札差という商売は大名、旗本、御家人などを相手にする。

その主人の女房ともなると、いくらでもいい家から嫁が来る筈であった。武士の娘が縁づいても不思議ではない。

「そういってはなんだが、お小夜では身分違いということはないのか。もっとも、女は氏《うじ》なくして玉の輿《こし》に乗るものだが……」

「板倉屋は最初、妾にという気持じゃなかったかと思います。さすが、源七親方はあの気性ですから到底、お小夜さんを妾奉公に出すわけはねえんで……すぐに断っちまったようなんです」

「妾で駄目なら、女房にしてもよいということだな」

「まあ、それだけ本気だってことでしょうが、妾で駄目なら女房にってところが、気に入りませんや」

お小夜びいきの深川っ子としては、忌々《いまいま》しいといった。

「それで、源七は承知したのか」

「妾ならともかく、板倉屋のお内儀さんとなると、お小夜ちゃんにしても出世ですから、源七父つぁんも、断りにくいんじゃありませんかね」

「当人はどうなんだ。肝腎《かんじん》のお小夜が、なんと考えている」

俄かに、胸の底がさわいだような気分で、新八郎は岸辺に目をむけた。

ちょうど、蔵前の堀割の前を舟が上って行くところであった。

首尾の松の近くで、人の姿がみえるのは米蔵で働く人々が一服しているのでもあろうか。

別に、お小夜に気があるとは思っていなかった。

櫛を買って与えたのも、礼心のつもりである。

新八郎自身、女に対して、殊更《ことさら》、潔癖というのでもないが、破目をはずすことの出来ない性格でもあった。

お小夜に好意を持っていたとしても、それは美しくておきゃんな深川娘を愛らしく眺めているようなものだと思っていた。

そのお小夜に、縁談があって、相手は板倉屋利平と聞いて動揺している自分に、新八郎は苦笑していた。

俺も、少々、気が多い。

艪を動かしながら、辰吉も蔵前の堀割を眺めていた。

「お小夜ちゃんが、板倉屋の旦那を、どう思っていなさるのかは知りませんが、源七親方の胸の内は、どうやら、出したくねえような按配です」

「何故だ。娘の出世が気に入らないわけでもあるまい」

「親方は、釣り合わぬは不縁の元ってことがあるといってました。侍の女房は、侍の娘がいいし、金持の嫁には金持の家から輿入れするのがいい。そうでねえと、なにかと厄介が持ち上がるもんだと……」

新八郎は自分のことをいわれたように思ったが、辰吉の頭にあったのは、別の人間のことであった。

「親方が、そういうふうに考えなさるのは、大方、湊屋のお園さんのことがひっかかってなさるからだと思いますよ」

「お園というと、高丸龍平のか」

本所方同心の高丸龍平に惚れられて、その子を産んだ。

「旦那に、こんなことを申し上げてよいかどうかわかりませんが、湊屋の勘兵衛旦那はお園さんを高丸の旦那に嫁にやるのを、最後まで嫌っていなすったそうで……こいつは源七親方から聞いたことですが、お園さんがみごもっているのを知った時には歯ぎしりして口惜しがっておいでだったといいます」

「そりゃそうだろうな」

い。

川面《かわも》をみつめて、新八郎が呟いた。

「大事な娘に、或る日、虫がついたようなもんだ」

祝言をあげる前に、娘の腹が大きくなっているときかされた親の気持は、たまるまい。

「しかし、とにもかくにも、高丸はお園さんを家へ入れたのだろう」

上役の娘との婚約を破棄して、お園との恋をつらぬこうとした。

「お園さんは、随分と苦労をしなすったそうですよ。まるで、子供のお乳母さんのような扱いだったっていいますから……」

姑が、息子の嫁として、お園を認めなかったというのは、新八郎も知っている。

「武士の家は厄介なものだからな」

言葉の上だけで、新八郎は高丸龍平を弁護したが、心は別のところにあった。

「娘なんてものは、親がどう思ったところで惚れたら最後、鉄砲玉のようにとんで行っちまうものだろう」

お小夜にしたところで、板倉屋の女房の座に魅力を感じたら、父親の不安もなにもあったものではなかろうと新八郎はいった。

「それに、気性の勝った娘だから、案外、板倉屋のよい女房になるのではないのか」

辰吉は、ちらと目を上げて新八郎をみた。

「旦那は、お小夜ちゃんが嫁に行っても、なんともねえんですかい」

虚を突かれたが、新八郎は動じなかった。

「それは、やっぱり惜しいと思うだろうな。緋桜小町の顔をみに、飛鳥山のさくら茶屋へ通うことも出来なくなる」

「その程度でござんすか」

辰吉が複雑な顔をした。

「お柳さんの話だと、お小夜ちゃんは隼の旦那に首《くび》っ丈《たけ》だっていってましたが……」

「そいつは、お柳の作り話だ。残念ながら、俺のような不粋者が、お小夜に惚れられるわけがない」

第一、お小夜と会ったのも、今までにせいぜい三度かそこいらだと、新八郎は指を折った。

「緋桜小町に惚れられたら、男冥利《みょうり》に尽きるというものだが、残念なことに、そんな色気のあるつき合いじゃないんだ」

「左様で……」

辰吉はいくらか不服そうな、しかし、安心した返事をした。

「まあ、隼の旦那は、お奉行様の片腕っていうほどの御身分だそうですし、お屋敷にはおきれいな奥方様がいらっしゃると、高丸の旦那がおっしゃっていましたから……」

舟の行く手に浅草の渡舟場がみえていた。

最初からの約束で、新八郎は駒形で舟を下り、広小路を抜けて日暮里から駒込へ出るつもりであった。

「厄介をかけた。源七親方によろしくいってくれ」

余分の酒手を渡して、新八郎は辰吉の舟から岸へ上がった。

歩き出してふりかえると、辰吉はまだこっちを見送っている。

お柳が、つまらない噂をふりまいているらしいのが、新八郎の気になった。

お小夜が、自分に惚れているなぞとは新八郎は思っていない。それほどのうぬぼれはなかったが、やはり、辰吉の話が心を僅かにくすぐっていた。

相手は深川きっての美女である。

だが、上野のお山を眺めながら日暮里へ入った頃には、新八郎の気持は全く他のほうをむいていた。

立ち寄ったのは、例のあかさまという女の住居であった。

一瞬、新八郎が目を疑ったのは、たしかにあかさまの住んでいたと思われる場所に家がなくなっていたためである。

つい何日か前に、藤助と来た時には、板を打ちつけ、雨戸を釘づけして無人になったままだった家そのものが、かき消すように無い。

茫然と、そこに立っていて、やがて新八郎は気を取り直して、この辺りの名主の家へ行ってみた。

名主は不在で、妻女が応対に出たが、あかさまの家のことになると、口が重くなった。

家をとりこわしたのは、多分、あの家の持ち主の命令だと思うが、それが誰かはよく知らないといった。

「あのあたりには、お武家様の土地が多うございまして、私共とはかかわりがございませんので……」

取りつく島もないといった感じで、新八郎は名主の家を出た。

その近所の商家で訊ねてみても、どこも曖昧《あいまい》に首をかしげるばかりで、はかばかしい返事はない。

新八郎は駒込の藤助の家へ向かった。

「実は、お知らせ申したものかどうか迷って居りまして……」

昨日、用事があって日暮里へ出かけ、やはり、あかさまの家がなくなっているのに気づいたという。

「隣近所に訊いて廻ったんですが、どこも、ろくすっぽ、返事もしませんで……名主なんぞは、あっしの顔をみるなり逃げちまって……どうも、こいつは可笑《おか》しいと思いました」

誰かが、あの付近の人々を脅《おど》して口止めをしたような按配だといった。

「それについてだが……」

今度の事件を最初から洗い直してみたいと新八郎はいった。

「もう一度、飛鳥山へ行って、平泉どのの歩いたあとを追ってみたいのだ」

この前、なにか大事なものを自分が見落としているような気がするという新八郎に藤助が合点した。

「もし、あっしがお役に立つようでしたら、なんでもおっしゃって下さいまし」

「平泉どのと飛鳥山へ行った通りのことを、俺と一緒に復習《さら》ってもらいたいのだ」

明日、板橋の宿場で待ち合わせて飛鳥山まで行ってくれないかと新八郎がいい、藤助は承知した。

「何度も厄介をかけてすまないが、何分よろしく頼む」

藤助に送られて路地を出たところで、竹の市に出会った。

これから根岸のほうの家へ療治に行くという。

駒込の追分で駕籠を頼み、新八郎は藤助と別れて数寄屋橋の役宅へ帰った。

翌朝、新八郎は御用人の高木良右衛門の許しを得て、板橋へ向かった。

平泉恭次郎は、あの日、藤助に対して辰の刻に板橋でと約束をしている。

ところが、実際に平泉恭次郎がやって来たのは正午に近く、それも町駕籠だったという。

すでに、新八郎は平泉恭次郎の妻女から、彼が当日、何刻《なんどき》に八丁堀の組屋敷を出たかを訊いていた。

「主人は、前夜より格別の御用があると申しまして出かけました」

屋敷を出たのは、夜になってからだったという。

八丁堀から板橋までは、かなりの距離だが夜旅をかけるほどのことはなかった。

ただ、藤助から板橋での待ち合わせの時刻が辰の刻と聞いた時から、新八郎は疑念を持っていた。

辰の刻に板橋まで行くためには、かなりの早朝に八丁堀を出かけねばならなかった。

駒込に住んでいる藤助が、六ツ前に家を出ている。

仮に、最初から駕籠を使ったとしても、平泉恭次郎は夜のあける前に八丁堀を発《た》たなければ間に合わない。

妻女が前夜から出かけたといったので、新八郎は、平泉恭次郎がどこか板橋にそう遠くないところで一夜をあかしたものと考えていた。

それにしても、平泉恭次郎が実際に板橋の宿場に姿をみせたのは、正午近くである。

おまけに、雨が降り出していたのに、彼は雨支度をしていなかった。

板橋の宿で、雨のための身支度をし直して藤助と飛鳥山へ向かっている。

あの日、平泉恭次郎はいったい、どこから板橋へやって来たのか。

駕籠で板橋に正午に着くためには、かなりの広い範囲が考えられた。

早い話が八丁堀から来たとしても、正午までなら、辰の刻ぐらいに出かけたところで充分であった。

だが、平泉恭次郎は前日、夜になってから屋敷を出かけている。

つまり、前夜から翌日の正午までの平泉恭次郎の足取りは全くわかっていない。

とにかく、最初、平泉恭次郎はどこかで一夜をすごし、翌朝、辰の刻に板橋へ来るつもりであった。

それが、なにかの理由で正午になってしまった。

遅れた理由はなんだったのか。

少々の遅刻ではなかった。およそ二刻（四時間）も、藤助は板橋の宿場で平泉恭次郎を待っていた。

平泉恭次郎は、藤助というお手先が、律義な男であるのを知っていた。

約束の時刻に行かなくとも、自分が姿をみせるまで、少なくとも二刻やその程度は待っている。

ひょっとすると、平泉恭次郎は藤助が必ず自分を待っているのを承知で、故意に遅れて板橋の宿にやって来たのではないかと新八郎は考えた。

「何故、そんなことをしたのだ」

心の中の思案がつい口に出た。

何故、遅れて板橋へ行く必要がある、と自問自答したところで、新八郎はその考えを続けることを断念した。

自分の思いつきが、あまりにも飛躍しすぎていると気がついたからである。

板橋の宿に着いたのは、正午よりも早かった。にもかかわらず、藤助はもう新八郎を待っていた。

「どうも、気がせいちまいまして」

「俺もだ」

茶店で腹ごしらえをした。

「平泉の旦那は、昼飯をおとりになりませんでした」

向かい合って飯を食いながら、藤助がいった。

正午に宿場に到着したのに、雨支度をしただけで出発したという。

「どこかで、すませて来たのか」

「なにもおっしゃいませんでした」

「藤助は、どうだったんだ」

「そうと知ったら、蕎麦《そば》でも食っておくんでしたが、旦那がおみえにならないのを気にしてましたんで、食いそこねました」

「空《す》きっ腹で飛鳥山へ行ったのか」

「どうも気のきかねえ話でして……」

藤助は、ぼんのくぼへ手をやって苦笑したが、それは藤助のせいではなく、平泉恭次郎に思いやりがなかったためだと新八郎は思った。

約束の辰の刻から二刻近く、藤助はいつ、平泉恭次郎がやって来るかと、血眼《ちまなこ》で街道に立っていたに違いない。

到底、飯を食う暇も、茶を飲む余裕もなかったとは、新八郎でもわかる。

宿場で、時分どきになっているのに、自分はどこかですませて来たにしろ、蕎麦の一杯くらいは藤助につき合ってやるのが定廻りの旦那というものだろう。

「平泉どのは、先を急いでいたのか」

「格別、そうとも思えませんでした」

急ぐのなら、駕籠に乗る方法がある。

平泉恭次郎は板橋まで駕籠で来て、その駕籠を帰してしまっていた。

飯をすませて、新八郎は藤助と街道へ出た。

「この前は、もう、かなり降り出していまして……」

しかし、今日はよい天気であった。

日ざしはかなり強いが、風があって道中はそう暑くもない。

「平泉の旦那は、あまり口をおききになりませんで……」

藤助よりも一足先を歩いていたといった。

「なんとなく考え込んでいなさるような按配でござんした」

宿場を出はずれると、左手に畑の中の小道がみえた。

滝野川弁天、不動滝へ行く近道で、この前、新八郎はここで大竹金吾と出会って、平泉恭次郎の死体の安置された音無川の岸辺へ案内された。

中仙道を、そのまま行けば巣鴨町を通り抜けることになるのだが、

「平泉の旦那は、不動滝への道を、おとりになりましたんで……」

畑の中の細道だが、それは飛鳥山へ行く近道でもあった。

道は途中で三筋に分かれていた。

一番右のは武家屋敷へ行く道で、真ん中が飛鳥山への近道、左側の道は、

「金剛寺へ行く道ですが、岩屋弁天にも王子権現にもこっちから行ったほうが都合がよろしゅうございます」

音無川にかかる橋は、ここからでないと、もう一つは、この前、新八郎が行った杉並木のある裏参道だけだという。

つまり、王子権現をぐるりと半周しないと音無川に橋がない。

「平泉の旦那は真ん中の道をお出でになりました」

飛鳥山へ出る近道である。

平泉恭次郎の死体の上がった不動滝は左手の道の方角であった。

道の両側は滝野川村と巣鴨村に分かれていると藤助は流石《さすが》によく知っている。

この道は、間に畑があるが、ほぼ音無川に沿っていた。

音無川は王子権現を取り巻いたような形で流れているので、この道も、王子権現を遠巻きにしたような恰好である。

茶店の屋根がみえて来たところで、道は六国坂に出た。

この坂の道は、駒込のほうから飛鳥山へ通じている。

本来なら、藤助はここへ出て来るので、板橋の宿へ行くためには巣鴨町を抜けて後戻りすることになる。

六国坂を下りて橋を渡ったところが扇屋であった。

「とにかく、ひでえ降りになっちまいまして……この道なんぞもうちょいとした川みてえに水が流れていましたんで……」

扇屋へは逃げ込むような形であった。

六国坂界隈《かいわい》は、人が出ていた。

ぼつぼつ、行楽の人出のようで、この前、新八郎が来た時よりもあたりが賑やかになっている。

「滝に当たるには、ちっとばかり早いようですが、それでも信心の方は冷《つ》めてえもへったくれもないようで……」

藤助がいうように、行衣《ぎょうい》をまとった男達が不動滝への道へ入って行くのがみえる。

「平泉の旦那のお供で参りました時には、人っ子一人、見当たりませんでした」

扇屋の前で足を止め、それから新八郎は六国坂へ戻って行った。

扇屋でも、海老屋でも、この前、訊《き》くだけのことは訊いている。

新しく訊《たず》ねたいことがあるわけではなかった。

「どうも、わからんな」

雨の中を飛鳥山まで来て、扇屋へ雨宿りをすることになる。

藤助を別の宿へやって、一人で夕飯をすませ、再び、どしゃ降りの雨の中を海老屋へ行くといって姿を消した平泉恭次郎であった。

六国坂を上がりきると、茶屋が立ち並んでいるところへ出た。

飛鳥山の花見の時には、どこも客であふれていたが、この前、新八郎が藤助と通った時は、大方が店を閉めていた。

それなのに、今日は数軒が店を開けている。

「やっぱり、暑くなってくると客がふえるんでございますよ」

暑い江戸の夏を避けてこのあたりに涼《りょう》を求めてやって来る。

ふと、新八郎はさくら茶屋の前に女が立っているのに気がついた。

お小夜である。

お小夜のほうも、新八郎をみつけたらしく、いそいそと走り寄って来た。

いくらか頰を染めるようにしてお辞儀をする。

「なんだ、また、さくら茶屋の助っ人に来ているのか」

新八郎がいった時、さくら茶屋の中からお柳が出て来た。

「これはまあ、王子権現へ御信心でございますか」

新八郎の背後の藤助を、ちょっと不思議そうに眺めたが、すぐに愛敬《あいきょう》をとり戻して、茶店の奥で休んでくれと勧める。

さくら茶屋は夏支度になっていた。

「今日、店を開けに来たんですよ。これからが、ここらはいい季節なんで……」

花見の時と夏の間と、紅葉の頃に茶屋を開けるといった。

「一年中、開けている店もあるんですが、それはこの土地の人で、私共はお客様の大勢、おみえなさる時にしか、商売は致しません」

「道理で、この前、ここへ来た時は閉まっていたよ」

お小夜が酒を運んで来たのをみて断ろうとし、新八郎は思い直して、藤助に盃を持たせた。

「こちら、旦那のお供で……」

お柳が訊ね、新八郎は藤助が答える前にいった。

「なに、俺の友達だ」

藤助が困った顔をしたが、新八郎はそ知らぬ様子で、藤助に酌をしてやっている。

奥へ入ったお小夜が川魚の田楽《でんがく》を二人前、運んで来た。

消える

二本の徳利の酒を、あらかた藤助が飲んだ時分に、さくら茶屋の表に二人連れの侍が立った。

如何にも勤番者といった風体で、茶屋をのぞいてみたものの、そこに先客がいるのを眺めると、間《ま》が悪そうに立ち去った。

「どうも長居をすると、商売の邪魔になりそうだな」

新八郎が立ち上がり、藤助が慌《あわ》てて盃をおいた。

「そのようなことはございません。どうぞ、ごゆっくりなすって下さいまし」

店の奥にいたお柳もいったし、お小夜はとりわけ、なにかいいたそうな様子であったが、新八郎は茶代をおき、お柳が制するのもかまわず店を出た。

駒込への道を取る。

「旦那ってお人は……」

歩きながら、藤助がしきりに首を振った。

「こう申してはなんですが、町方の旦那は、ああいった店に茶代は置きなさらねえもんですが……」

新八郎が苦笑した。

「茶代をおくのは野暮か」

「いえ、滅相な……なんといいますか、あっしは、旦那を惚れ惚れするほど、御立派だと思いますんで……」

「そういってもらえると、茶代をおいて来た甲斐があったな」

この道は、この前、藤助と飛鳥山から戻って来たのと同じであった。

「先刻、さくら茶屋をのぞいたのは、勤番者らしかったな」

木綿の紋服に袴《はかま》をつけていた。

「飛鳥山の近くにも、お大名の下屋敷が多うございますから……」

参勤交代で国許《くにもと》から出て来る侍達は江戸滞在中は、もっぱら見物であった。江戸の上屋敷へ出仕するのは、せいぜい五日に一度くらいのもので、あとはひたすら江戸の名所を見て歩く。独り者であろうと、妻帯者であろうと、江戸へのお供に家族は伴って来ないから、血気盛んの者はどうしても遊里に足を運ぶことになり、そこで揉《も》め事が起るというのも多かった。

大名家から町奉行所へ、出府ごとにお土産が届くのは、そうした連中をよろしく頼むという意味でもあった。

駒込まで戻って来て、藤助が新八郎のために駕籠屋までついて来ると、いやに背の高い若い衆が辻番所からとび出して来た。

「親分、お待ち申していやした」

「丑松《うしまつ》じゃねえか。なにかあったのか」

藤助が岡っ引の目になって、新八郎をふりむいた。

「あいすいません。こいつはあっしの下で働いていますんで……丑松と申します」

お奉行所のおえらい旦那だと、丑松に新八郎のことをいっている。

「俺のことはいい。話をきいてやれ」

新八郎にしても、急ぐ必要はなかった。

一日、飛鳥山を歩き廻って、なんの収穫もなく駒込まで帰って来たところである。

「へえ、おそれ入ります」

藤助は新八郎に頭を下げてから、丑松と呼んだ若い衆へ訊ねた。

「いったい、なんだ」

「竹の市が昨夜っから帰って来ていねえそうでして……」

「竹の市……」

「へえ、夕方、療治に出たきり、夜更けても帰って来なかったようで……こいつは隣の婆さんがいうことでして……」

「正之助は、家へ戻って来なかったのか」

近所の酒屋に奉公している竹の市の弟であった。

「そいつが、昨夜は祭の相談で旦那が町内の寄合いに出かけてたんで、正之助はそっちへ供をして行ったんだそうです」

寄合いに酒などを持って行ったから、正之助はいわば荷物持ちで、

「帰って来たのが遅かったってこともあって、昨夜は店に泊まったんだそうです」

朝になって、竹の市の家がひっそりしているので、隣の婆さんが心配して声をかけに行ってみると、どうも、昨夜から帰っている様子がない。

「それで、酒屋のほうへ知らせが来て、正之助がとんで帰ってみたんですが、やっぱり、前の晩から帰っていねえようでして、それから、根岸だの、日暮里だの、竹の市が療治に行く先を正之助がかけ廻って来たそうです」

「どうだったんだ」

「昨夜、竹の市が出かけた先は若松屋と板倉屋の寮だったそうですが、どっちもいつものように療治をして帰って行ったというばかりでして……」

正之助が青くなって、藤助の家へ来たのは今日の午《ひる》すぎで、

「親分のお留守のことですから、あっしが正之助と一緒になって、あっちこっち聞いて歩きましたが、まるっきりでさあ」

途方に暮れて、ひたすら藤助の帰るのを待っていたといった。

「藤助……」

後ろで聞いていた新八郎がいった。

「もし、さしつかえなかったら、俺も一緒に竹の市の行方を探したいが……」

藤助が仰天《ぎようてん》した。

「旦那が、でございますか」

「満更《まんざら》、知らない仲じゃないだろう」

この前、藤助の案内で竹の市の家を訪ねて、いろいろと話を聞いている。

それに、昨日、藤助に飛鳥山へ行く打ち合わせをしに来た時、療治に出かけて行く竹の市の姿をみかけたものであった。

「もしかすると、あれっきり、帰っていないのではないか」

とにかく、竹の市の家へ行ってみようということになって、丑松を先に立てて、まっすぐ巣鴨へ向かった。

幸い、この季節、日の暮れるのが遅い。

巣鴨仲町の裏長屋では、井戸端へ近所の者が集まって、ひそひそと話し合っている。丑松と共に路地を入って来た藤助をみて、いっせいにこっちを向いたが、その背後の新八郎に気がつくと怯《おび》えた表情になった。

「正之助は帰っているのかい」

藤助が訊き、五十がらみの女がうなずいた。

「今、三河屋のお内儀さんが来てますよ」

「お里が来ているのか」

藤助が合点して、新八郎にいった。

「あっしの妹が、三河屋っていう酒屋へ嫁入りしてまして、正之助はそこに奉公して居りますんで……」

その話を、新八郎は前に聞いていた。

藤助の声をききつけたのか、竹の市の家から若者がとび出して来た。
十五、六だろう、竹の市によく似ている。

「正之助でございます」

新八郎にひき合わせ、家へ入った。

そこに、若い女がいて、藤助にすがりつくような目をした。

「兄さん、まあどうしよう」

「妹のお里で……」

丑松が新八郎と藤助のために、すすぎの水を汲《く》んで来た。二人共、飛鳥山から草鞋《わらじ》がけである。

「竹の市の行方は、まだ知れねえのか」

藤助が正之助にいい、彼が泣き出しそうな顔でうつむいてしまった。

「どうしたものだろうね。兄さん、正之助は全く心当たりがないといっているけれど……」

「竹の市に、なじみの女なんぞはなかったのか」

藤助が訊いた。

「ありません」

正之助が激しく否定した。

「兄さんは金を貯めるのに一生けんめいで、女は怖《こわ》いといってましたから……」

「なにか用が出来て、知り合いとか親類へ行くようなことは……」

「そういう時は必ず、俺に声をかけて行きます」

親類はこれといってないし、なにか相談に行くとすれば、三河屋の主人夫婦か、

「親分のところぐらいだと思います」

丑松が戸口のところから声をかけて来た。

「親分、隣の婆さんを呼んで来ましたが……」

「ああ、お鹿か」

婆さんと呼ばれるには、まだ、少々色気のある女で、亭主はぼてふりだといった。

新八郎を気にして小さくなっている。

「昨日、竹の市が出て行くのを知ってたか」

「仕事に出かけたのは知りませんでしたよ」

日が暮れてすぐの頃に、正之助が戻って来て、今夜は旦那のお供で寄合いへ行き、遅くなるのでお店へ泊まるからといって来たといった。

「竹の市さんが帰って来たら、そのことづけをしなけりゃと思って五ツ（午後八時）くらいに、いっぺんここの家をのぞきに来たんです」

家の中はまっ暗だったが、

「竹の市さんは目が不自由で、よく暗いまんまで、なにかをしていることがあるから、声をかけてみたんですよ」

が、呼んでも返事がなかった。

「療治で遅くなるのは、わかってましたから、もう一ぺん、来てあげようと思っていたのに、つい、うっかりしちまって……」

朝になって思い出し、再び声をかけに来たが、竹の市の姿がなかった。

「なんだか、気になっちまって、三河屋へ知らせに行ったんです」

三河屋から正之助が戻って来て、それから竹の市探しがはじまったといった。

「竹の市は療治に出かけたんだろうな」

藤助が念を押し、正之助が、

「間違いありません。昨夜、わたしが三河屋さんへ出かける時、今日は夕方から日暮里の若松屋さんと板倉屋さんの寮へ行くといいましたから……」

と答えた。

「お前は日暮里まで行ったのだな」

新八郎が急に訊ね、正之助が頭を下げた。

「参りました」

「先方はなんだといった」

「たしかに……若松屋さんは五ツ前に、板倉屋さんは四ツ（午後十時）すぎに療治をすませて帰って行ったとおっしゃいました」

「他に、竹の市がよく出かけて行くところはないのか」

「何軒かありますが、そこも廻って来ました」

どこの家でも、昨日は竹の市に療治を頼んでいないし、訪ねて来てはいないといわれたという。

「兄さんは、若松屋さんと板倉屋さんといいましたんで、他の家へ廻る予定はなかったと思います」

四ツすぎに板倉屋を出てからの足取りは、まるでわからない。

「無駄なような気がするが、念のため日暮里まで行ってみるか」

新八郎がいい、藤助が恐縮そうにした。

「あっしはそのつもりでございますが、旦那は、いくらなんでも……」

一日で飛鳥山を往復して来たあげくであった。

「なに、日暮里なら帰り道だ」

正之助には家で留守番をするようにいいつけて、新八郎と藤助に丑松が供についいた。

外は、夜になっている。

淡い月が中天にかかっていた。

巣鴨から日暮里まで、新八郎達の足でそう遠いともいえないが、近くもない。

先刻、藤助と駒込から来た道を後戻りすると追分に出る。

ここは、日本橋からちょうど一里で、中仙道と日光街道の別れ道であった。

その追分の手前を駒込千駄木町へ折れた。

藤助の家はこの近くだが、無論、寄る暇もなく団子坂を下って行く。

このあたりは殆《ほとん》どが寺で、町屋の数は少なかった。

巣鴨から駒込へ出て来る道の両側も大名家の下屋敷ばかりである。

街道筋だから、往来のないことはないが、それでも夜はぐんと寂しくなる。

「竹の市は、随分、遠くまで療治に出かけていたものだな」

歩きながら新八郎がいった。

「夜更けて日暮里から、この道を帰って来るのは物騒なという気もするが」

「まあ、目明きなら、うす気味悪いってこともあるでしょうが、目がみえねえ有難さだといってました」

と藤助が苦笑する。

懐中に銭を持っているといったところで、按摩《あんま》の稼ぎは、知れたもので、それをねらうほど酔狂な盗《ぬす》っ人《と》もいないだろうと思われた。

「こう申しちゃあなんですが、巣鴨あたりで療治をする分には、せいぜい小商いか百姓の年寄で、あまり銭にはなりませんが、日暮里の寮へお出での方々は、日本橋界隈の大店《おおだな》の旦那やお内儀さんが多うございますから、お気に入れば余分に心づけを下さるし、まあけっこうなお客のようで……もっとも、竹の市は、いずれはもうちょいと近いところへ住まいを移したいとは考えていたようですが……」

団子坂を下りると千駄木坂下町で、やがて谷戸《やと》川を渡る。

「巣鴨の御薬園から出て、谷中と駒込の境を流れていますんで、ここらでは境川と呼ぶ人も多いようでございますが……」

川幅は一間足らずだが、水量は多い。

その谷戸川を越えると、道は天王寺に突き当たった。

天王寺の前を左に折れて行ったあたりが日暮里である。

若松屋の寮は、その近くにあった。

丑松が寮番の権助という老爺《ろうや》を外へ呼び出して来て昨夜のことをもう一度、訊ねて

みたが、

「竹の市は、六ツに来る約束でございまして、大方、五の日ごとに参ります」

療治を受けるのは、女隠居のおらくというので、長年、痛風を患《わずら》っていて、殆ど日暮里の寮で暮らしているといった。

「竹の市は、いつ頃から当家へ療治に来ているのか」

新八郎が訊ねた。

「大方、一年近くにもなるんじゃねえかと思います」

それまで来ていた按摩が体を悪くしてやめてしまったので、誰か療治の旨《うま》いのはいないかとおらくが日本橋の店にいる悴《せがれ》へいってやったところ、間もなく、

「板倉屋さんから、竹の市という按摩を廻して下さるというので、一度、灸《きゆう》でもおろしてもらってはどうか」

といって来た。

「板倉屋さんの寮が、この先の下日暮里にございますので……」

「板倉屋というと蔵前の札差か」

「左様で……御主人は庄兵衛さんとおっしゃいますが、生まれつき体が弱くて、御商売のほうは弟の利平さんが継いでいらっしゃるときいて居ります」

「板倉屋利平か」

とんだところで、その名前を聞いたものだというのが、その時の新八郎の気持であった。

お小夜を嫁に欲しいといっている男である。

「すると、竹の市がここの家へ来るようになったのは、板倉屋の口ききなんだな」

「左様でございます」

「昨日は、ここをすませてから、板倉屋へ行ったわけか」

「へえ、半刻ばかり、御隠居さんの療治をしてから、板倉屋さんへ行くといって帰って行きました」

吉祥院の脇の道を下日暮里へ歩いて行くのを、寮番の権助は見送ったという。

新八郎達一行は、その道を下日暮里へ急いだ。

両側は寺で、やがて、植木屋がある。

そこを折れると、川に木橋が架《かか》っていた。

谷戸川がまがりくねって、ここを流れている。

板倉屋の寮は、大名の下屋敷ほどの広さがあった。

建物はそう大きくもないようだが、とにかく地所が広い。

ぐるりと外から廻ってみると、母屋の他に二つばかりの離れ家が建っているようであった。

板倉屋でも丑松が寮番を呼び出して来た。

これも権助と似たり寄ったりの年頃で仙三と名乗った。

「また、竹の市のことでございますか」

いささか迷惑といった口ぶりであった。

主人の庄兵衛が子供の頃から病弱で始終、医者や按摩が、この寮に出入りをしている。

竹の市もその一人で、若松屋と同じく五の日に来ることになっているといった。

「昨日は一刻近くも療治をして、四ツすぎに帰って行きました」

別に、いつもと変わりもなく、目が不自由にしては足の早いほうだから、とっとと谷戸川のほうへ歩いて行ったという。

今夜も同じく月夜であった。

「やっぱり、帰る途中で災難に遭《あ》ったんでござんしょうかねえ」

僅かの金しか持っていないからといって、按摩を襲う盗っ人が全くないとはいえなかった。

百文、二百文の銭欲しさに人殺しをしたという例がないわけではない。

念のために、谷戸川の近くの植木屋へ寄って、昨夜、四ツすぎに按摩が帰って行く姿をみなかったかと訊いてみたのだが、

「ここらは朝は早えんですが、そのかわり、寝るのも早くて……四ツっていいますと、夏ならまだしも、今時分は大方が戸を閉めて居りますんで……」

なにか用でもあって外へ出ればともかく、往来を行く人の姿をみることは、まずないといった。

「夜の人通りはどうなんだ。四ツくらいなら、まだ、そう夜更けってわけでもねえが……」

と藤助がいった。

「まあ、急用でもあれば出かけますが、ここらは住んでる者の数が少ないんで、祭の夜でもなけりゃあ、人がぞろぞろ歩くようなことはございません」

植木屋がいうように、ぽつんぽつんと大商人の寮だの、風雅を好む武士の別宅があるとはいっても、田や畑や林の中であった。

人家が密集しているわけではないし、

「下手《へた》をすると人間よりも狐や狸のほうが数多く棲《す》んでいるんじゃねえかと……」

植木屋の親父は苦笑している。

若松屋の寮の近くは、門前町だが、ここも日が暮れると戸を閉めてしまう家が多い。

「夜になっては、参詣のお客も参りませんので……」

開けておいたからといって、商売にはならないといった。

「なんてったって、お寺とお大名の下屋敷ばっかりみてえなところですからねえ」

丑松が途方に暮れたようにいった。

昨夜、四ツすぎに板倉屋を出て、この道を巣鴨へ向かって帰って行ったに違いない竹の市の姿をみたものを、この界隈で探すのは、容易ではなさそうであった。

「どうも、とんだお手間をかけまして。あっしは駒込へ帰る道々、竹の市をみかけた者はないか、訊ねながら参りますんで……」

谷中の駕籠屋まで送るという藤助を断って、新八郎は天王寺の門前で藤助達と別れた。

谷中八軒町で駕籠を頼み、不忍池《しのばずのいけ》へ抜ける細い道へ出たとたんに、威勢よく走り出していた駕籠がだしぬけに止まった。

「なにしゃあがる」

「いきなり、とび出しやがって、危ねえじゃねえか」

「とび出しやがったのは、どっちだ」

駕籠屋同士のいい争いが聞こえて、新八郎は自分で駕籠の垂《た》れを上げてみた。二挺の駕籠が正面からぶつかった恰好《かっこう》である。

新八郎を乗せて来た駕籠の先棒をかついでいた若い衆が、先方の駕籠の棒鼻を押え、一歩もゆずらないといった剣幕であった。

どうやら、いきなり、とび出して来たのは先方の駕籠らしい。

「やい、やい、なにをしゃあがる。こちらの旦那を誰方《どなた》だと思ってるんだ。蔵前の板倉屋の旦那だぜ、下手しゃがるとただじゃすまされねえぜ」

棒鼻を押された先方の若い衆がどなった。

それを耳にしてから、新八郎は駕籠を下りた。

「どうしたのだ」

自分を乗せて来た駕籠屋に声をかける。

「へえ、そいつらが、いきなりとび出しやがって……」

という駕籠屋の返事が威勢がよくないのは、どうやら板倉屋ときいたせいだと、新八郎は内心で苦笑した。

蔵前の札差の威光は、谷中のような江戸のはずれの駕籠屋の耳にも届いている。

「俺はかまわぬ。道をゆずってあげるといい」

新八郎がいうと、先方の駕籠についていた手代らしい風体の男が、そっと、こっちの駕籠屋に銭を握らせた。

「まことに申しわけございません。少々急いで居りますんで、失礼を致しました」

こっちの駕籠屋がそれで一も二もなく道をゆずり、板倉屋の駕籠は谷中の方角へ走り去った。

「旦那、どうも、申しわけございません」

道に立って新八郎が見送っていると、駕籠屋が頭を下げた。

「板倉屋さんの寮が、日暮里にございますんで……」

「板倉屋庄兵衛か」

「へえ、ですが、今の駕籠に乗っていたのは利平旦那じゃねえかと思います」

「こんな夜更けに、病人でも出たのかな」

霧がかなり濃くなっていた。

不忍池のほうから湧き上がって来る夜霧である。

「まあ、気をつけてやってくれ」

再び駕籠に戻った。

板倉屋利平が今時分、駕籠をとばして行ったのは、なんだろうと思った。

先刻、咄嗟《とっさ》に口に出たように、考えられるのは急病人かなんぞだが、日暮里の板倉屋の寮には、そんな気配もなかった。

数寄屋橋御門の少し手前で駕籠を下り、新八郎は役宅へ帰った。

さすがに疲労が体中を重くしている。

翌日の夕方、御用部屋にいた新八郎を大竹金吾が呼びに来た。

「藤助が参って居りますが……」

新八郎は気軽に奉行所の西側にある通用口へ出て行った。

そこは、いわば裏口で、町方のお手先などが急用で来た場合の小部屋がある。

藤助は冴《さ》えない顔で、すみのほうにいたが、新八郎の顔をみると慌ててお辞儀をした。

「どうした。馬鹿に固くなっているじゃないか」

声をかけられて、ぎごちなく笑いを浮かべる。

「どうも……旦那のようにざっくばらんにいって下さるお方ばかりじゃござんせんので……」

手拭で額《ひたい》の汗を拭いた。

「隼の旦那にお目にかかりてえって申しましたら、お前ら岡っ引風情《ふぜい》が会いに来る御身分じゃねえって叱られまして……」

新八郎は藤助を伴って通用口を出ると、役宅へ行った。

「ここが俺の家だ。今度っからなにかあったら、ここへ来てくれ」

出迎えた郁江に藤助をひき合わせた。

「御用のことで、俺が厄介をかけている藤助という者だ。ここへ来ることがあったら、充分、もてなしてくれ」

郁江が丁寧に挨拶し、新八郎は先に立って藤助を居間へ案内した。

「旦那は、八丁堀にお住まいじゃねえんで……」

町奉行所の与力、同心は八丁堀に組屋敷をもらって住んでいるというのが、藤助の常識であった。

「俺は親代々、町奉行所の役人というんじゃないんだ。今のお奉行の根岸肥前守様の家来でね。殿様が町奉行になられたんで、俺も奉行所で働いている」

その説明で藤助は納得した。

郁江が酒の支度をして来た。

「とんでもねえ。あっしは、そんなつもりで参ったんじゃござんせんので……」

藤助が狼狽《ろうばい》したが、新八郎は先に盃をとった。

「まあ、よかろう。竹の市のことを知らせに来てくれたんだろう」

「それが、たいしたことでもございませんので……」

昨日、新八郎と別れてから、藤助は天王寺の方を通って坂下町から団子坂を上って駒込へ帰った。

「道々ここと思うところで訊いてみたんですが、竹の市をみたというものはございませんで、がっかりして家へ戻って寝ちまいました」

ところが、今日になって、たてつづけに竹の市をみたという者が藤助を訪ねて来たという。

「一人は坂下町の妙蓮寺って寺の坊主で、あの晩、四ツすぎに団子坂のほうへ上って行く竹の市の姿をみたと申しますんで……」

もう一人は、駒込片町から巣鴨へ行く道の途中で池田常次郎という御家人が、やはり竹の市に出会ったと、わざわざ若党を使いによこして藤助に伝えたという。

「妙蓮寺の坊主に、御家人か……」

「左様で……」

盃を手にして、新八郎は苦笑した。

「そいつは、ちっとばかり面白くなって来たな」

藤助が怪訝《けげん》な顔をした。

「面白いとおっしゃいますと……」

「藤助や丑松が足を棒にして走り廻った限りでは、誰も竹の市をみた者がなかった。それなのに、一夜明けたら、目撃者が名乗って来たわけだ」

明日にでも駒込へ行ってみようと新八郎はいい出した。

「妙蓮寺と……その池田常次郎という侍の話をきいてみたい」

「そりゃあよろしゅうございますが……」

いくらか酔いの廻った藤助が首をひねった。

「竹の市は、ともかくも、鶏声《けいせい》が窪《くぼ》のあたりまでは帰って来たってことになります」

池田常次郎という御家人の屋敷は土井大炊頭《おおいのかみ》の下屋敷の近くで、その前の街道を鶏声が窪と呼ぶのは、昔、土井家の屋敷内で夜ごとに鶏の啼《な》き声がするので、その声のするほうへ行ってみると古塚があって、掘ったところ金銀の鶏が出て来たという話から名付けられたものだと、藤助はさすがに地元の岡っ引らしい博学ぶりをみせた。

「その鶏声が窪を下りて行きますと巣鴨御駕籠町でして……」

竹の市の住居のある巣鴨仲町はもう町続きであった。

「そんなところまで帰って来て、竹の市は、いったい、どこへ消えちまったんでしょうか」

藤助の判断としては、もし、竹の市が賊に襲われて不慮の災難に遭ったとしたら、それは、あまり人通りのない日暮里とか、天王寺界隈で、少なくとも町屋の増えて来る駒込や巣鴨ではなさそうに思えたのだが、坂下町や更《さら》には鶏声が窪にまで、竹の市の目撃者が現れたとなると、その考えを変えねばならなくなる。

「駒込片町から巣鴨にかけては街道でございますから、夜になっても少々の人通りはあろうかと、随分と訊ねて廻ったんですが、竹の市に出会ったって奴は一人もございませんでした。ですが、れっきとしたお侍が竹の市をみたとおっしゃるんで、正直のところ、びっくりして居りますんで……」

ひとしきり話し込んで、郁江の心尽しの手料理を食べて藤助が帰ってから、新八郎は奉行所へ戻った。

すでに夜が更《ふ》けていて、誰も残っていない。

書庫へ入って御家人に関する目録を開いた。

池田常次郎の名はあった。

年俸が三十両五人扶持というから、下級武士であった。暮らしむきは、まず豊かとはいえない。

池田常次郎は二十六歳、五年前に父親が死んで家督相続をしたようであった。まだ、無妻である。

板倉屋

翌日、新八郎は数寄屋橋の役宅を出るとまず、駿河台の神谷家を訪ねた。

新御番組頭の神谷伊十郎は、新八郎の義父に当たる。

長男の鹿之助は屋敷にいた。

鶏声が窪の土井大炊頭の下屋敷の近くに住んでいる、池田常次郎について、調べてくれないかという新八郎の頼みを、鹿之助は早速、承知した。

彼が、なにか依頼するのは、御用の筋とわかっている。

神谷家を出て、新八郎は駒込へ向かった。

昨日の約束で、藤助は土井家の下屋敷の塀を背にして、新八郎を待っていた。

「池田常次郎っていう御家人の屋敷は、その裏っ側です」

藤助をそこへ残して、新八郎は一人でそっちへ歩いて行った。

貧乏御家人でも、侍の住居は町方の支配違いになる。

おやと思ったのは、池田常次郎の家から若い男が出て来たからである。

どこかでみたようなと思い、新八郎はすぐ気がついた。

一昨日の夜、谷中から駕籠で帰る途中、行き合った板倉屋の駕籠脇についていた手代であった。

その手代を送り出して、といった恰好で、もう一人、着流しの若い侍が玄関の外に立っている。

新八郎をみると、手代は目を伏せるようにして、そそくさと立ち去った。

若い侍が、とがめるように新八郎へ声をかけた。

「当家に、なにか用か」

新八郎は相手を眺めた。中肉中背の四角い顔をした男であった。これが、池田常次郎ではないかと思った。

「そつじながら、御当家の御主人とお見受けしたが……」

「左様……」

「手前は町奉行、根岸肥前守様の配下、隼新八郎と申す者、少々、承りたいことがござるが……」

相手の表情が怯《おび》えた。

「町方役人にものを訊かれるおぼえはないが」

「あ、いや、そこもとより、わざわざ、お届けのあった竹の市についてでござる」

池田常次郎は嫌な顔をしたが、さすがに逃げるわけにも行かないと思ったのだろう、新八郎をにらみつけるようにした。

「それが、なにか……」

「池田どのには、竹の市と申す按摩をみかけたといわれたようですが……」

「如何にも……」

「お手数でもござろうが、そのことについて今少し、くわしく承りたい」

竹の市が行方知れずになった、三日前の夜のことである。

「竹の市をみかけたといわれるのは、どのあたりでござったか」

「鶏声が窪の街道だが……」

土井家の下屋敷をやや、巣鴨に下ったところだったといった。

「刻限は四ツを廻っていたと思うが、拙者が戻って来ると、一人の按摩が杖を突いて巣鴨のほうへ歩いて行くのを確かにみた」

「池田どのは、竹の市と申す按摩を御存じでしたか」

「いや、よくは知らぬが、この辺りを通って患家へ行くのを以前にもみかけたことがある。その折に、誰やらが竹の市といい、なかなか腕のいい按摩だというようなことを申したのをおぼえて居った」

「竹の市の療治をお受けになったことは……」

「それはないが……面体《めんてい》は知って居る……」

「ごらんになったのは、竹の市に間違いございませんな」

「くどい……」

背をむけて玄関を入ろうとするのに、新八郎が浴びせた。

「先程、板倉屋の手代が参っていましたが、御当家と板倉屋とは、如何なる……」

池田常次郎の背が、大きな動揺をみせた。

「左様なこと、町方に答える要はない」

荒々しく玄関を入って行くのを見送って、新八郎は、路地を出て藤助の待っているところへ戻って来た。

「さっき、板倉屋の手代が、ここを通って行きましたが……」

という。

「知っているのか」

「日暮里の寮へ、よく使いに来ているようで、卯之助と申します」

この前、竹の市のことを藤助が新八郎と訊きに行った翌日、

「あっしの所へ、竹の市はみつかったかと訊きに来ました」

すると、新八郎が板倉屋の駕籠と出会った翌日ということになる。

「あっしが、まるっきり行方が知れねえというと心配そうに帰って行きました。なんでも、庄兵衛旦那が肩を痛めているので、療治をたのみたいといったような話でしたが、当人が行方知れずじゃ、仕方がありません」

その時、見舞いだといって、竹の市の弟の正之助に、いくらか包んだものを渡してくれといわれて、あずかったと藤助はいった。

「早速、正之助に届けてやりましたが、どうも、一両、包んであったようでして……」

「一両か……」

出入りの按摩が行方知れずになったからと、見舞いに届けるにしては、金額が多い。

次に、新八郎が行ったのは、妙蓮寺であった。

こっちは、藤助が方丈へ行って、好念という中年の坊主を呼んで来た。

僧侶のくせに鼻が赤い。

彼が口を開くと、昼間から酒の匂いがした。

「竹の市に出会ったそうだが、そんな夜更けにどこへ行ったのだ」

新八郎の問いに、丸い頭へ手をやった。

「その……酒を……買いに……」

「どこの酒屋だ……」

「途中で気が変わって、買わずに帰って寝ちまいました」

「竹の市の顔は、よくみたのか」

「提灯《ちょうちん》を下げていましたんで……」

「竹の市が、か」

「遠いから、気をつけてお帰り、と声をかけました」

新八郎が本堂のほうを眺めた。

修復中らしい足場が組んである。

「板倉屋は、ここの檀家だそうだが……」

はったりであった。

「いえ、檀家ってわけじゃありませんが、庄兵衛旦那のおっ母さんが、わしの村の出身でして……」

「成程」

寺を出てから、藤助が目を丸くした。

「ここは、板倉屋にかかわりのある寺だったんですか」

「あてずっぽうが当たったようだな」

藤助を駒込まで送った。

「念のためだ。暫く、竹の市のことはあきらめたように、探し廻るのをやめておけ、それから、夜、一人で出かけるのもだ」

新八郎がなにをいおうとしているのか、藤助はすぐに気づいたようであった。

「あっしが危ねえとおっしゃるんで……」

「よもやと思うが……事件が片づくまで、用心に越したことはない」

藤助が不服そうな顔をした。

「あっしは、旦那のお手伝いがしてえと思っています。たいして、お役にも立ちますまいが……」

「俺も手伝ってもらいたいと思っている」

誰か、信用のおける者を使って、日暮里の板倉屋の寮を見張らせてくれといった。

「深入りする必要はない。どんな奴が、いつ、板倉屋へ出入りしているか。それだけを知らせてもらいたい」

「合点です」

藤助と別れて、新八郎が数寄屋橋へ帰って来ると、神谷鹿之助が来ていた。

「早いな」

「早いほうがよかろうと思ったのだ」

池田常次郎は、暮らしむきがひどく悪かったといった。

「父親が死んでから、蔵宿《くらやど》を変わって、扶持米を二重の抵当に入れようとして、それ以前の蔵宿と大騒動をおこしている」

御家人が幕府から受ける扶持米は、普通、蔵前の札差が代理に受け取って、その米を金に代え、それを手数料を払って、御家人が受け取る仕組みになっている。で、御家人がいつも依頼する札差、つまり蔵宿は決まっていた。

けれども、年々、物価が上がり、生活が派手になっているのに対して、武士の俸禄に変化はないから、暮らしむきが困窮して来ると、旗本、御家人達は止《や》むなく、次の年の扶持米を担保にして蔵宿である札差から金を借りることになる。

やがては、それが毎年の習慣になって、三年先、五年先の扶持米まで担保になると、もう札差のほうも、いい顔では金を用立てなくなる。

そのために途方に暮れた御家人の中には、今までの蔵宿ではない、他の札差に新しい契約を結んで、すでに抵当に入っている扶持米を、知らぬ顔で担保にして、金を借りるという悪どいことをやったりする。

鹿之助の話によると、池田常次郎は親代々、伊勢屋という札差を蔵宿にしていて、六年先の扶持米まで抵当に入れていたのに、それをそのままにして、新たに板倉屋へ札差を変えようとして、そのからくりが暴露《ばくろ》され大騒動になった。

その時、仲裁に入って、事件を内々でおさめたのが、板倉屋利平だという。

「それは、いつのことだ」

「古いことではない。昨年の秋だときいている」

「板倉屋は、何故、池田常次郎を助けたのだ。仲裁をするからには、かなりの金が板倉屋から動いたのではないのか」

少なくとも、ふみ倒した借金の穴埋めぐらいはしないことには、騒動はおさまらない。

「理由はわからぬが、なんにしても、池田常次郎は、板倉屋に恩がある」

「板倉屋から頼まれれば、みもしない竹の市と、鶏声が窪で出会ったと証言をするわけだな」

「そんなことがあったのか」

竹の市が、巣鴨の近くまで帰って来たと証言する者はもう一人いた。

「これも、板倉屋に縁のある妙蓮寺という寺の坊主だが、あんまり頭のよくない奴で、すぐに尻尾《しっぽ》を出した」

「ほう……」

「竹の市が、提灯を下げて歩いて行くのをみたと申すのだ。考えてもみるがいい。目の不自由な者が、提灯を必要とするか。足許を照らしながら歩くのは、目あきのすることで、竹の市には通用しない」

「成程」

「大体、藤助という御用聞きが、かけずり廻って調べても、その夜、竹の市が巣鴨へ帰って行くのと行き合った者はみつからなかったのだ。それを、あとになってから、わざわざ、竹の市をみたといいに来たというのからして可笑しいと思った」

竹の市をみたという二人は、どちらも板倉屋利平とかかわり合いがある。

「板倉屋が二人に命じて、小細工をさせたと考えてもいいだろう」

「何故、なんのために板倉屋はそんなことをしたのだ」

鹿之助が訊き、新八郎が笑った。

「多分、あの晩、竹の市は板倉屋で療治を終えて、少なくとも、巣鴨の近くまでは帰ったと思わせたいのだろう」

「すると、竹の市という按摩は……」

「殺されたか、或いは、板倉屋がどこかへかくしたか」

「どうして、竹の市を……」

「そいつが、あかさまと呼ばれていた女の療治をしていたせいだ」

「あかさま……」

「先だって、王子の音無川で殺された平泉恭次郎は、その、あかさまと呼ばれていた女が、この春、飛鳥山のさくら茶屋で殺害された身許不明の女だというところまで、調べていたらしい」

　その件に関するこれまでの経過を新八郎が改めて説明し直し、鹿之助は息を呑んで耳をすませている。

「どうも、得体の知れない話だな」

「全くだ」

　新八郎が、この男らしくなく、気の弱い表情になった。

「一方では海賊の正体がまだ、つかめない上に、あかさまという正体不明の女に、ふり廻されている感じだ」

仙台藩の御用船を襲った海賊は、その後、なりをひそめていた。

「本所の湊屋を襲ったのも、海賊の仕業《しわざ》といわれているが、それが、仙台藩の御用船を襲ったのと同じ連中かは、わかっていない」

なにもかも八方ふさがりのまま、今の新八郎は迷路に立ちすくんでいるようなものであった。

「あかさまという女と、海賊を結ぶものはないのか」

鹿之助が訊ね、新八郎は手文庫から一枚の紙片を出した。

「あるとすれば、これだが……」

この頃、お江戸に流行《はや》るもの

地震、大水、船幽霊

退治したくば、飛鳥にござれ

花の下なる、平 将門《たいらのまさかど》

と書かれたものであった。

本所、深川の橋に、何者とも知れぬのが貼って歩いた、その一枚である。

「平将門にゆかりの場所といえば神田明神だが……」

鹿之助が、意外なことをいい出した。

「神田明神が、今の場所に移る以前は芝崎村の日輪寺の境内《けいだい》に、将門の首塚があったそうだ」

平将門は、鎮守府将軍平良将の次男で、兄の将弘、父の良将の歿後、まだ幼なかったために京にあって、摂政、藤原忠平に仕《つか》え、成人の後、相馬御厨《みくりや》の役人となって故郷へ帰った。

ところが、将門が成人したら相続する筈であった父、良将の荘園を、預っていた伯父の常陸大掾《ひたちだいじょう》国香、下総介良兼が横領してしまって一向に返さない。

それればかりか、伯父達は兵を挙げて将門を殺そうとしたことから、両者の間に戦いが起り、将門の軍勢が勝利をおさめたが、敗けた伯父達は逆に朝廷に讒訴《ざんそ》し、将門を朝敵に仕立て上げて、これを討伐した。

その平将門の首塚があったところが芝崎村の日輪寺であり、もともとは天台宗であったのが、後、時宗《じしゅう》となって蓮阿弥陀仏を祭祀とした神田明神が、芝崎村の鎮守になった。

更に、元和二年、日輪寺が移転の折に、寺と神田明神が分離して、日輪寺は柳原花房町に移り、明暦の大火後は浅草に落ち付いた。

一方、神田明神のほうは、寛永二年に烏丸大納言光広卿の奏請《そうせい》によって、国家鎮護の神社となって、江戸の民衆は、千代田城のお堀から日本橋へ流れる川の西南に住む者は山王権現の氏子《うじこ》、東北に住む者は神田明神の氏子ということになって、山王祭と神田祭は江戸の二大祭と称された。

「俺が思い出したのは、最初に日輪寺のあった芝崎村のことだが、そこは今、酒井雅楽頭《うたのかみ》様の上屋敷になっていて、庭の古塚の跡に将門稲荷《いなり》を祭っているというのだ」

「それは聞いている」

「その将門稲荷の傍に、大層、古い桜樹があって、しかも、花の色が白いというのを耳にしたことがある」

「花の下なる、将門稲荷か」

但し、酒井家の上屋敷は神田橋御門に近いところで、飛鳥山ではない。

だが、今の新八郎は、どんな思いつきにも心が動いた。

「その、酒井家の将門稲荷をみせてもらうわけには行かないか」

新八郎が訊き、神谷鹿之助がうなずいた。

「俺の知り合いが、酒井家の江戸屋敷にいる。早速、頼んでみよう」

性急なたちで、鹿之助は俄《にわ》かに立ち上がって、挨拶もそこそこに帰って行った。

酒井家の庭の将門稲荷の社殿の近くに、桜の木があるというだけで、そこへ行ってみようという気になった自分に対して、新八郎は苦笑した。

我ながら、あせっているのがよくわかる。

神谷鹿之助からの返事は三日後に来た。

「明日の午後、酒井家へ同道する」

というもので、奉行所へ鹿之助が迎えに来ると、如何にも彼らしく親切であった。

その午後に、新八郎が御用部屋にいると、珍しいことに、高丸龍平が近づいて来た。

彼が少し、痩《や》せた、と新八郎は感じた。

大体が、年齢よりもやや老《ふ》けてみえる彼だったが、今日の高丸龍平は頬がこけて、そのせいか目が鋭くみえる。

「どうも困りました」

新八郎に笑いかけ、彼は鼻の上に皺《しわ》を寄せた。

「湊屋の勘太郎ですが、江戸へ戻って来たというのに、一向に本所へ帰って参らぬのですよ」

両親と姉とが殺されて、家が焼けた時、勘太郎は奉公先の四国屋の船で大坂から戻ってくる途中であった。

そのために、湊屋勘兵衛夫婦と、娘のお園の野辺送りは、お園の夫という縁で、高丸龍平が喪主となって取り行った。

「本所へ帰らぬというのは、どういうことなのだ」

品川へ船が着けば、なにはさておいても本所の我が家へ戻って来る筈であった。

「何故だか、手前にもわかりません。湊屋の奉公人達に訊ねてみても、はかばかしい返事が参らぬのです」

「どこにいるのだ。勘太郎は……」

「それも、はっきりしないようで……」

高丸龍平が、視線を逸《そ》らせた。

「品川の四国屋にいると思うのですが、手前に会おうとしないのです」

勘太郎にとって、高丸龍平は姉の聟《むこ》であった。

正式に祝言をあげていなくとも、お園は高丸家で暮らし、龍平の子を産んでいる。

「どうも、湊屋の奉公人どもがいろいろと申すようで……」

「いろいろとは……」

「やはり、手前が、お園を不幸せにしたということでしょう。お園が高丸家を出て、実家へ戻ろうとしていたなどと、根も葉もないことをいい触らす奴もいます」

そんな噂のせいで、勘太郎が高丸龍平にいい感情を持っていないということらしい。

「しかし、勘太郎が戻らねば、湊屋の建て直しが出来まい」

「仰せの通りで……」

今のところ、湊屋は商売を休んだままでいるといった。

「間もなく、阿波藩の御用船が江戸へ参りましょう。その時は、どうするつもりなのか」

今回の阿波藩の御用船の荷揚げは、湊屋が請負《うけお》っていた。

「まあ、荷揚げ屋は、湊屋だけではありませんが……」

匙《さじ》を投げたようにいい、高丸龍平は話題を転じた。

「そう申せば、緋桜小町が、隼様にお目にかかりたいといって居りました。先頃、飛鳥山でお姿をみかけたとか……」

深川佐賀町のお小夜のことであった。

「近く、板倉屋へ嫁入りするそうで……」

新八郎が高丸龍平を眺めた。

「さぞかし、板倉屋は深川中の男どもに怨《うら》まれて居るだろう」

「当節、金のある奴には、かないません」

「板倉屋の寮が、日暮里にあるのを知っているか」

珍しく御用部屋が無人なのを幸い、新八郎は高丸龍平と話し込んだ。

「板倉屋庄兵衛の隠居所でしょう」

「庄兵衛は利平の兄に当たるそうだな」

「表むきは病身のため、弟の利平に家業をゆずったことになっていますが、実際は、庄兵衛が芝居者に入れあげて、金を使いすぎるので、弟の利平が番頭共と手を組んで、兄を隠居させたといいます」

相変わらず、高丸龍平は巷《ちまた》の噂にくわしかった。

「利平というのは、商売上手か」

「お上の評判は悪くありません。ひと昔前の蔵前の旦那のように派手なことはしませんし、これといって道楽もないようです」

或る時期の蔵前の札差は、蔵前本多という髪型に髷《まげ》を結《ゆ》い、黒地の三枚小袖に、ひざ下まであるような長い羽織に五ツ紋をつけ、鮫鞘《さめざや》の刀を落としざしにするという男伊達《だて》の風俗を好み、大山詣《もう》でに出かけるのに、三間半もある奉納の大刀を三、四十人の若い者にかつがせ、掛け念仏を称《とな》えさせながら、自分は厚く布団を重ねた駕籠に乗って行ったとか、柳島の妙見様へ出かけた帰りに、妾と口を吸い、それをお供の幇間にみせつけては、一回ごとに一両の祝儀を出したとか、博奕《ばくち》にうつつを抜かして慶長小判千二百両を一度にすってしまったなどと、派手な噂をばらまいていた。

それが天明の大飢饉のあと、松平定信らによる寛政の改革で、札差などに対する旗本御家人の借金を二十年以上前の分は帳消し、十九年から十年前の分は、二十年賦、或いは無利子、九年以前から五年前までの分は十五年賦といった、いわゆる棄捐令《きえんれい》を提案した結果、札差の中には、数万両を棒引きにされて破産する者も出た。

板倉屋が危機を乗り越えたのは、それ以前から、利平の発案で札差稼業の他に、廻船業に手を出していて、諸国の特産を江戸へ運び、売りさばくという多角経営をやっていたせいでもあると高丸龍平はいった。

「世間の噂では、板倉屋の利平旦那は、商売が道楽、金を貯めるのが道楽だといっていたところへ、緋桜小町を嫁にするというのですから、大変な評判になっています」

彼の口ぶりも、少々、忌々《いまいま》しげであった。

「しかし、蔵前の札差なら、いくらでもいい身分から嫁が来るだろう。大名とはいえないが、旗本や御家人はもとより、豪商と呼ばれるような家と縁組も出来る筈だ」

いくら美人だからといっても、お小夜は船頭の娘であった。板倉屋にしてみれば、身分違いの嫁である。

「そのあたりが利平旦那らしいといえそうで、なにも今更、貧乏旗本の娘なぞを嫁にもらわなくとも、下手な大名家と対等のつき合いをしているといいたいところではありませんか」

「板倉屋と大名家とつき合いがあるというのか」

普通、札差の商売相手は幕府から扶持米を受けている直参《じきさん》の侍達であった。

関東、東北をはじめとして全国の幕府の直轄《ちよつかつ》地から集められて来る年貢米《ねんぐまい》と、仙台藩、津軽藩、南部藩など東国を中心とする各藩の貢租米《こうそまい》は、隅田川沿いにある浅草御米蔵とその対岸の本所御米蔵に収《おさ》められる。

そこから、旗本、御家人たちの扶持米、役料米が支給されるのだが、それを代理に受け取って、当日の米相場で現金化し、手数料をさしひいたものを届けるのが、札差の仕事であった。

大名となると、これは自分の支配地の農民からの年貢を取り立てるので、蔵前とは関係がない。

もっとも、大名家の江戸屋敷などで、急な入用のために、大分限である札差とよしみを通じておいて金の借用を申し込む例もないわけではないから、板倉屋が大名家とつき合いがあっても格別、奇異ではなかったのだが、新八郎の気持の中には、札差の身分で、大名と対等といった高丸龍平の言葉にひっかかるものがあって、訊ねたのであった。

「いったい板倉屋は、どこの大名とつき合いがあるのだ」

「仙台藩や南部藩の貢租米は浅草の御蔵に入るようですが、それにも多少、関与しているといいますから……」

それについては、高丸龍平もたいした情報を持っているようでもなかった。

神谷鹿之助が来たという取り次ぎが来て、新八郎は御用部屋を出た。

鹿之助は南町奉行所の裏庭で待っていた。

「厄介をかけてすまない」

妻の兄でもあり、子供の頃からの友人に、新八郎は頭を下げた。

だが、鹿之助は自分の思いつきに、新八郎が乗って来たのを、むしろ、喜んでいるようであった。

「先方に、将門稲荷をみせてくれと申したら、花も咲いていないのに、と、不思議な顔をされた」

桜の盛りには、その花見のために、内々で将門稲荷の参詣を申し出る者があるようだと鹿之助はいった。

奉行所を出て、大名小路を抜け、道三河岸と呼ばれている堀の脇を通って酒井雅楽頭の屋敷へ行った。

あらかじめ、神谷鹿之助が頼んでいたことで、彼と面識のある江戸留守居役の青木但馬《たじま》という侍が出迎えて、早速、庭内の将門稲荷の祠《ほこら》へ案内してくれた。

稲荷社の体裁《ていさい》を繕《つくろ》って、石の狐の像が左右に並んでいるが、そのむこうにあるのは高さが凡《およ》そ二十尺、周囲が十五間ばかりの古塚であった。

塚の近くに蓮池があり、そのほとりに巨大な樅《もみ》の樹が幹に注連縄《しめなわ》を巻いてある。

その他にも多くの古木があり、樅の木も何本かあって、枝が大きく伸び、葉が茂っていて、日中だというのに暗かった。

どことなく陰惨で、鬼気迫る感じがする。

「どうも、この辺りはあまり当家の者も寄りつかず、植木屋なども不気味がって仕事をするのを嫌うので困っています」

青木但馬という侍は、まだ年が若く、怨霊《おんりよう》とか、祟《たた》りとかを信じるふうではなかったが、それでも用のない限り、ここへ来ることはないといった。

「桜は、そこにあります」

苔《こけ》の生《む》した石畳が、古塚のまわりを取り巻いているが、その東に、老樹が一本みえる。

「花が、山桜などとくらべて、やや小さく、色が白いところから四手《しで》桜と呼ばれているそうでして……」

四手は、玉串や注連縄などに垂れ下げる細長く切った白い紙をいうので、本来は縁起のよいものだが、

「四手の音は、死出にも通じるといい、忌《い》み嫌って、いっそ、桜樹を伐《き》ろうかという話も出たそうですが、その度に、将門の怨霊が当家に祟りをするといい、沙汰やみになっています」

けれども、花そのものはなかなか見事で、満開になると、さながら雪が積ったように美しいという。

「白い桜というのは珍しいが……」

花の咲いていない梢《こずえ》を見上げて、鹿之助がいい、青木但馬がうなずいた。

「手前が聞いたところでは、飛鳥山に一本だけあるとのことですが……」

新八郎の目が光った。

「飛鳥山に、四手桜があるといわれますか」

「左様、手前は行ったわけではありませんが、それも、なにやら将門にゆかりのある石碑の近くに咲くとか耳にしました」

神明宮の傍らしいと、青木但馬がつけ加えた。

「それはよいことを承った。まことにかたじけない」

礼をいって、新八郎は鹿之助と共に酒井家上屋敷を出た。

「飛鳥山に四手桜があったのか」

鹿之助がいささか昂《たか》ぶった声でいった。

例の、本所深川に出た張り紙の文句を鹿之助も知っている。

「花の下なる平将門、というのは、飛鳥山の四手桜を指すのか」

とにかく行ってみようと、新八郎は考えていた。飛鳥山と平将門が結びつくとしたらそれはなにを意味するのか。

女心

神谷鹿之助と別れて南町奉行所へ戻った新八郎は、御用人、高木良右衛門に会ってこれから飛鳥山へ行くことの許しを得た。

「どうも、このたびの事件の鍵が飛鳥山にあるような気がしてなりません。無駄足かも知れませせぬが……」

新八郎の言葉に、高木良右衛門がうなずいた。

「お奉行が仰せられて居る。如何に小さな手がかりであろうと見逃してはならぬ。小さな蟻《あり》の穴とて、土をのけてみればその下に思わぬ大きな空虚《うろ》があるものじゃと。新八郎の苦労も必ず実を結ぶ日があろうと、な。気を落とさずに探索を続けることじゃ」

「承知いたしました」

「尚、阿波藩の御用船は予定よりもやや遅れて、来月早々にも江戸表へ到着とのことだ。それまでに、なんとか仙台藩の御用船襲撃の海賊どもを一網打尽にしたいものだが……」

このところ、大川沿いに出没する海賊の跳梁《ちょうりょう》は湊屋を襲ったのを最後に、鳴りをひそめていた。

「それが、かえって不気味じゃと、お奉行も考えられて居る」

「そのことは、手前も感じて居りました」

江戸へ入って来るこの季節の御用船といえば、仙台に続いて阿波の蜂須賀家であった。

海賊がそれにねらいをしぼっているとすれば、まさに嵐の前の静けさである。

「一日も早く埒《らち》をあけ、お奉行のお心を晴らしたいと存じて居ります」

「頼むぞ」

奉行所から役宅へ戻って身支度をした。

「度々ですまぬが、今夜は戻れぬと思う。留守をたのむ」

新八郎の言葉に、郁江が不安そうな顔を上げた。

「御用のことに、女の口出しはならぬと、実家の親より固くいいきかされて参りましたが、なにやら怖《おそろ》しゅうてなりませぬ。飛鳥山へお出かけなら、誰ぞお供をお伴い下さいませ」

新八郎は苦笑した。

「わしが殿より承る御用は、極秘のものだ。なまじな供は、かえって邪魔になる」

「でも……」

「心配するな。明日は戻る」

すがりつくような郁江の視線をふり切って奉行所の外に出ると、

「隼どのではありませんか。今からどこへお出かけですか」

ちょうど奉行所を退出して来たらしい高丸龍平が堀端に立っている。

「ちと、内々の御用で飛鳥山へ参る」

草鞋《わらじ》の足を止めずにいい、新八郎はさっさと彼に背をむけた。

夜道にならぬよう、一刻も早くと先を急いでいたからだったが、高丸龍平はあっけにとられたように、新八郎の後ろ姿を見送り、やがて、のんびりした足取りで数寄屋橋を渡って行った。

新八郎のほうは神田橋御門を抜けて白山下《はくさんした》へ道をとった。

通い馴れた飛鳥山への旅である。

幸いというか、日が長くなっている。それでも飛鳥山へたどりついた時にはあたりが暗くなっていた。

途中、駒込を通りながら、藤助に声をかけようかと思い、とうとう、それをしなかったのは、あまり、この事件に深入りをさせたくない気持があったからである。

町奉行所の旦那から手札をもらって、お手先として働いているのを利用して、けっこうこすからい銭もらいをしている岡っ引が多い中で、藤助は珍しく実直で、気持のいい人柄であった。それだけに、下手に仕事の片棒をかつがせて、危険な目には会わせたくないと思う。

一本杉神明宮の近くまで来た時、新八郎は街道に女が立ち止まって、こっちをみているのに気がついた。

「お小夜ではないか」

驚いて声をかけると、むこうも走り寄って来た。

「やっぱり、隼の旦那だったんですね。人違いかと思ってました」

「さくら茶屋の手伝いに来ているのか」

板倉屋利平と縁談がまとまったと聞いていた。

「嫁入り支度で忙しいのではないか」

お小夜がまっ赤になって、それからつんとそっぽをむいた。

「あたしがどこへ嫁に行こうと、隼様にはなんのかかわりもないでしょう」

「そんなことはない」

街道の真ん中なので、新八郎はなんとなくあたりを見廻した。往来で美女にからまれているのは、どうも具合が悪かった。

「男というのは、きれいな女が嫁に行く度にがっかりするものだ」

お小夜が笑い出した。

「どこへいらっしゃるんですか」

「飛鳥山だ」

「ですから、飛鳥山のどこへ……」

「これから、宿を決めるところだが……」

「でしたら、その前に、さくら茶屋で一服していらっしゃいまし」

そのさくら茶屋は、ほんの目と鼻の先である。誘われて、新八郎はお小夜のあとからさくら茶屋へ入った。

若い女が二人、店番をしているが、客らしい姿はなかった。

「お柳はどうした」

「ここで待ち合わせる約束だったんですけど、まだ来ません」

今朝、お柳のほうから使いが来て、大事な話があるから飛鳥山のさくら茶屋で待っているようにといわれて出て来たのだといった。

「お父つぁんにも内証で出て来ちまったのに、困っているんです」

縁台に腰を下ろし、冷えた麦湯をもらって一服しながら、ふと、新八郎は不審を持った。

「お柳の家は、たしか深川伊勢崎町だったな」

「よく御存じで……」

「お前のところは深川佐賀町だろう。同じ深川なのに、何故、飛鳥山のさくら茶屋で待ち合わせるんだ」

お柳はさくら茶屋の女主人だから、飛鳥山へ来る用事があるのだろうが、

「お前は今でも、ここを手伝っているのか」

「いいえ」

という返事であった。

「お父つぁんが飛鳥山へ行くのはやめるようにといいますから、このところ、あまり来ないようにしているんです」

「それは、嫁入りが決まったからか」

お小夜が唇のすみを噛《か》むようにした。

「それもあると思いますけれど、以前からお父つぁんは、あたしがお柳叔母さんと親しくするのを嫌うようなところがあるんです」

「可笑しいではないか。お柳は源七の妹なのだろう。叔母と姪《めい》が仲よくつき合うのが、何故、いけない」

「わかりませんけど……ただ、近頃になって、お父つぁんがいい出したんです。お柳叔母さんは、なにを考えているかわからないところがあるって……」

「お柳さんが、なにを考えているかわからないというのか」

新八郎が知る限り、お柳は愛敬のいい、色っぽい女であった。叔母と姪というのに、お小夜と姉妹のように若くみえる。

「お柳さんは、嫁に行ったことがあるのか」

「いいえ、若い時に御殿奉公に上がっていて、嫁に行きそびれたんです」

「ほう……」

それは初耳であった。

「御殿奉公とは、どこへ行っていたんだ」

「たしか、阿波の蜂須賀様の江戸屋敷だって聞いています」

「蜂須賀家か……」

「お父つぁんも、昔は蜂須賀様の御用船が本所の下屋敷へ入る時の舟方をつとめていたことがあるそうです」

「今は、そうではないのか」

「殿様がお代わりになった時に、辞めたといっていました」

「成程」

現在の蜂須賀家の当主は、松平家からの養子であった。

「蜂須賀家の上屋敷は南町奉行所のすぐ隣なんだ」

今日も、その屋敷の前を通って飛鳥山へ来たと新八郎がいうと、お小夜が嬉しそうに笑った。

「それじゃ、私共と満更、御縁がないこともなかったんですね」

その言い方が可笑しくて、新八郎も破顔した。

「お柳さんが、奉行所の隣の大名家に奉公していたとなるとな」

もっとも、お柳のような女中奉公の者は上屋敷ではなく、せいぜい中屋敷か、或いは下屋敷が普通だから、お柳が町奉行所の隣の蜂須賀家にいたとは、まず考えられない。

「蜂須賀家に奉公していたのは、いつ頃のことなんだ」

「叔母さんが十五の年から十年間だといいますから……もう二十年以上もむかしのことなんです」

「お柳さんは、そんな年齢なのか」

二十五で奉公を終えて、それから二十余年経《た》っているとなると、四十のなかばを越えていることになる。

「いけない。叔母さんには内証ですよ」

お小夜が悪戯《いたずら》っぽく口を押えた時、五、六人の客が入って来た。風体からみて、江戸から来た町人達のようである。

それをきっかけに新八郎は腰を上げた。

「厄介をかけた」

茶代をおこうとすると、お小夜が押しとめた。

「あたしがお引きとめしたんですから……」

今夜の宿はどこかと訊かれて、新八郎は扇屋と答えた。

扇屋の番頭は新八郎を憶えていた。

もっとも、自分のところへ泊まった客が変死したのを調べに来た役人の顔を見忘れるわけがない。

「すまぬが、宿を頼む」

別に、御用の筋で来たのではないと新八郎は断った。

「この前は御用のために、思うように王子権現の参詣も出来ず、飛鳥山の見物も出来なかったので、出直して来たのだ」

番頭は、ほっとした様子で新八郎を案内した。

僅かの内に、あたりの風景がすっかり夏らしくなっていた。

青葉の梢から吹き下ろして来る風が快い。

「これからが王子は滝見物のお客で賑《にぎわ》って参ります」

宿帳を出しながら、番頭がいった。

「御信心で滝に打たれにおみえになる方には季節はございませんが、夏の間は暑さしのぎに滝にでも打たれてみようとおっしゃる方が多うございます」

音無川で水遊びをしたり、蛍《ほたる》を見物したりと、子供連れの客も増えるらしい。

「江戸から来ると、ここらはだいぶ涼しいのだろうな」

「それはもう、山でございますし、谷川の水は夏でもひんやり致します」

「明日は、この辺りの名所旧蹟を廻ってみたいのだが、将門にゆかりのある石碑というのは、どこにあるのだ」

「将門と申しますと、平将門でございますか」

「碑とか、塚とかが飛鳥山にあるというが」

番頭がちょっと考えていった。

「左様なものが飛鳥山にあるとは存じませんが……」

八幡太郎義家の像を安置している神社はあるがと首をかしげる。

「では、白い桜花が咲く樹は知らぬか、四手《しで》桜とやら申すそうだが……」

「それでございましたら、よく知って居ります。およそ五、六本もございましょうか」

「どのあたりだ」

「さくら茶屋と申します茶店の後ろに並んで居ります」

「さくら茶屋……」

「はい、白い桜が咲くのは、飛鳥山でも、あそこしかございませんそうで……」

宿帳を持って番頭が去ってから、新八郎は腕を組んだ。

四手桜は、さくら茶屋の後ろに並んで五、六本もあるという。

最初に高丸龍平に誘われて飛鳥山へ来た時は、花の盛りであった。

だが、新八郎はうっかりしていて、さくら茶屋の後ろにあったという四手桜をみていない。そのあとは、いずれも、花時ではなかった。

考えてみれば、あの折にはさくら茶屋へ入って間もなく大雨になり、しかも、店先にいた女が殺害されるという事件があった。

花に目を止める暇はなかったといえる。

さくら茶屋の後ろにある四手桜の樹の下に、なにか将門にゆかりのある石碑でもあるのだろうかと思った。

外はもう夜である。

お小夜はお柳と会えただろうかと心がそっちへむいた。

父親に内証で飛鳥山へ来たといっていたお小夜である。とすれば今日は深川へ帰るつもりであったのだろう。

夜になっても駕籠を頼んで深川へ帰ることが出来ないわけではないが、女だけに道中が物騒でないこともない。

部屋に飯の膳が運ばれて来た時に、女中が、

「お供の方がおみえになっていらっしゃいます」

という。

「供……」

「はい、藤助とおっしゃっています」

「藤助が来たのか」

思わず、声が明るくなった。

「ここへ案内してくれ。それと、飯をもう一人分、頼む」

藤助は照れくさそうに案内されて来た。

「申しわけありません。あっしのところの若いのが、隼の旦那が飛鳥山のほうへ向かって行かれるのをみたと申しますんで……少々、お話し申したいこともあり、又、御用の筋なら、なにかのお役に立つこともあるんじゃねえかと追いかけて来ましたんで……」

宿も別にとるし、飯も途中ですませて来たという。

「水くさいことをいうな。実をいうと駒込を通りすがりに、声をかけてみようかと思ってはいたのだ」

来てくれて有難いといった新八郎に、藤助は嬉しげであった。

「正直にいうと、あてにもならぬことをあてにして飛鳥山へ来たんだ」

例の張り紙の文句から、平将門の古塚が、酒井家の上屋敷にあって、そこに四手桜があったことから、同じ四手桜が飛鳥山に一本あって、それも将門にゆかりの石碑の近くにあると聞かされてやって来たのだと新八郎は話した。

「ところが、ここの番頭に聞いてみると、四手桜はさくら茶屋の後ろに五、六本もあるというのだ」

女中が藤助の膳を運んで来て、新八郎は盃を取り、藤助にも酒を勧めた。

「さくら茶屋と申しますと、たしか緋桜小町のお小夜さんが手伝ってなさった……」

「そうだ。お小夜の叔母のお柳が女主人だ」

明日にでも、さくら茶屋へ行って四手桜のあたりをみて来ようという新八郎に藤助がうなずいた。

「そのお小夜さんですが、板倉屋の利平旦那が嫁にするという評判のようで……」

新八郎が盃を干《ほ》した。

「そうだ。たいした玉の輿《こし》だな」

「板倉屋の日暮里の寮のことでございますが、あれからずっと見張りをつけて居りまして」

寮にいるのは、隠居をしている庄兵衛と寮番に女中くらいのものだが、

「あれからずっと、手代が住みついているんです」

利平と一緒にやって来た卯之助という手代で、

「利平旦那が蔵前へ帰ってからも、日暮里を動きませんで……」

その手代が、鶏声が窪の池田常次郎の屋敷へ一度、妙蓮寺に二度、出かけたという。

「池田常次郎と妙蓮寺か」

どちらも、竹の市があの夜、巣鴨の近くまで帰って行く姿をみたと証言した者であった。

「それから、もう一つ、これは板倉屋の寮番から、あっしのところの若いのがうまく聞き出して来たんですが、庄兵衛旦那と利平旦那は大層、仲が悪く、殊《こと》にここんところ、利平旦那が日暮里へ来ると、もの凄い兄弟喧嘩をしているそうです」

口論だが、それが奉公人の部屋まで聞こえて来るほどだといった。

「なんで喧嘩をしているのだ」

「そいつはよくわかりませんが、板倉屋を潰《つぶ》す気かと、庄兵衛旦那が何回も叫んでいたと申します」

「庄兵衛が利平に対して、板倉屋を潰す気かといったというのだな」

それは合点が行かなかった。庄兵衛は芝居にこって商売そっちのけの道楽者だという。

長男の庄兵衛が家を傾けそうなので、次男の利平が店を継いだと新八郎は聞いている。

しかも、その利平はなかなかの商売上手で、札差商売の外に廻船業まで手をのばしているという話であった。

「間違いないのだな。庄兵衛が利平に対して、店を潰すといったのは……」

「へえ、間違いはございません。寮番の話では、庄兵衛旦那が店を弟にまかせたのは間違いだったと、手代の卯之助にまでいっていたと申しますんで……」

藤助は一本の酒で赤くなり、新八郎のほうは酔う前にやめていた。

飯がすみ、膳を下げに来た女中が当惑そうに結び文をさし出した。

「あの、只今、玄関に、こんなものが投げ込まれていたそうでございますが……」

結び文には、隼新八郎さま、まいる、と女文字で書かれている。

結び文を開いてみると、仮名文字で、

さくらぢゃやへきてください、だいじなことをおはなしします。

さよ

と書いてある。

のぞいてみた藤助がくすぐったそうな顔をした。

「お小夜さんが、さくら茶屋へ来てなさるんで……」

「夕方、会ったばかりだが……」

時刻は、ぼつぼつ五ツ半（午後九時）であった。

こんな夜更けの呼び出しというのは、なんなのか。

しかし、新八郎は身支度をして部屋を出た。

「あっしもお供を致します」

という藤助に、

「お前は先にやすんでいろ」

帳場で提灯を借り、新八郎は扇屋を出た。

幸いというか月夜である。

それでも田舎《いなか》のことで、五ツ半ともなると往来に人影はない。

茶店はとっくに戸を閉めていた。

飛鳥山の裾《すそ》の道を行き、六国坂を上った。

さくら茶屋はその道から山へ入って行ったあたりであった。

深い木立が山道の両側に広がっている。

人の気配を新八郎は察知した。

夜の中に、けもののようにひそんでいる人影がある。

立ち止まって、新八郎は提灯の火を消した。

それでも月光が、あたりを照らしている。

がっと大気を破って白刃が襲って来た。新八郎の体が右へ動いて、同時に彼の右手も大刀を抜いていた。

太い桜樹を背にして、夜を見廻す。

男の姿が二つ、三つ、五つ……およそ七、八人と新八郎は読んだ。

じりじりと間合いをせばめて来る。

お小夜からの呼び出し状をみた時、新八郎は、こういうこともあろうかと考えていた。

もし、お小夜がなにかの用事で新八郎に会う必要が出来たのなら、夜更けに呼び出すまでもなく、彼女のほうから扇屋へ訪ねて来る筈であった。

彼女は新八郎の今夜の宿を知っているし、彼が独りで飛鳥山へ来たこともわかっている。

夕方、お小夜と会った時、新八郎は藤助が追って来るとは思っていなかった。

つまり、なんの気がねもなく、お小夜は新八郎に会いに来られる。第一、扇屋の玄関に文が投げ入れられたのからして、奇妙だった。

只事ではないと思ったから、新八郎はあえて、藤助を伴《つ》れて来なかった。

おそらく、今夜の相手は、平泉恭次郎を殺害した一味とかかわり合いがあるに違いない。

新八郎に同行すれば、藤助の身にも危険が及ぶ。

「何者だ」

油断なく相手へ目をくばりながら、新八郎は誰何《すいか》した。無論、返事はない。それを承知で、新八郎は探りを入れた。

むこうは最初に仕かけて来たきり、しんと動かない。つまり、新八郎の力量を知って、迂闊《うかつ》にふみ込まないということらしい。

夜の中で向かい合って動かないのでは、やがて自分に不利だと思い、新八郎はまず言葉で相手を誘った。

「貴様らだな、平泉恭次郎を殺したのは……今夜のように呼び出して、このさくら茶屋で殺害し、死体を川へ捨てたのであろう」

当て推量だったのだが、相手方には思いの外に強い反応があった。

「さくら茶屋で、あかさまを殺したのも、お前らか」

わあっと一人が突いて来た。

はずして、横に払ったのが充分にきまったらしい。

絶叫と血の匂いがあたりに広がった。

「来いッ」

一瞬、ひるんだ相手へ新八郎がどなった。

この連中は実戦を経験していないと察した。

ということは、無頼漢や盗賊ではない。

抜刀した構えは、堂に入《い》っているし、最初に襲って来た剣法もまともであった。

剣術の稽古はしているが、人を斬ったことがないというのは、おそらく、然《しか》るべき人に奉公する侍であろうか。

「お前ら、お家の大事を思ってのことだろうが、上様お膝元のこの江戸で下手な真似をすると、どうなると思う。町奉行配下には能なしばっかりとは限らねえぜ」

明らかに、相手がたじろいだ。

「そっちがその気なら、容赦《ようしゃ》なく叩っ斬ってやる。その上でお前らの身許が知れたら、お家の恥辱を天下にさらすことになるんだぞ」

無言で、一人が斬りかかる。

「馬鹿野郎」

新八郎の怒号に呼応したように、坂の下から、

「隼の旦那」

藤助の声である。続いて、

「火事だ、火事だ、火事だ」

とどなるのが聞こえた。そのあたりの商家が大戸を開け、人がとび出して来る様子である。

新八郎も驚いたが、新八郎を取り囲んでいた侍達はもっと狼狽した。

「いかぬ。退《ひ》け」

一人が叫ぶと、わあっと林の中へ散って行く。追う気はなかった。追っても無駄とわかっている。

「旦那、御無事で……」

藤助が月光の中をかけよって来て、新八郎は息をついた。

「火事はどうした」

「火事じゃござんせん」

けろりとして藤助が笑った。

「あでもいわねえことには、人がとび出して来ませんので……」

泥棒だ、曲者《くせもの》だと呼ぶと商家はかえって戸締りを固くし、おそれて出て来ない。

「火事だってのが、一番、てっとり早いんで」

「あきれたものだな」

が、それが岡っ引の智恵だろうと思った。

「提灯をつけてくれ」

最初に斬りかかって来て、新八郎に斬られた男は倒れたままであった。

近づいて、用心深く抱き起す。それで男は意識が戻ったようである。

「申せ。いずれの藩中だ」

藤助のさし出す提灯のあかりの中で、男が新八郎を仰《あお》いだが、すぐに自分から上半身を地面に叩きつけるようにして突っ伏した。再び、抱き上げると口から血が泡《あわ》になって流れ出している。舌を嚙み切ったものであった。

「ひでえもんでござんすね」

藤助が目をそむけ、新八郎はあたりを見廻した。

はじめて気がついたことだが、さくら茶屋の入り口の戸が開いている。

藤助の提灯を取って、新八郎はその入り口に近づいた。油断なく一歩家へ入る。

はっとしたのは、血の匂いが強くなったからである。

外に倒れている侍のとは別のようであった。

提灯をかかげてみると、上がりかまちのところに女が柱を背にして突っ立っている。

「旦那」

あとから入って来た藤助が、女の姿をみて低く叫んだ。

新八郎が部屋の中の行灯《あんどん》を探して、それにも灯《ひ》を点《とも》す。

ゆらゆらと女の姿が光りの中に浮かび上がって、新八郎も絶句した。

女はお柳であった。胸を脇差で柱に打ちつけられたような恰好である。顔は恐怖にゆがんでいた。

「ひでえことをしゃあがる」

藤助が呟《つぶや》くのを背に聞いて、新八郎は慌《あわただ》しく部屋を見廻した。そのあたりにお小夜が斬られでもしていないかと思ったのだが、誰もいない。

奥座敷も、更にその西側の住まいになっているところにも、人の姿はない。

再び、茶店へ戻った。土間が釜場に続いていて、内井戸がある。

大きな盥《たらい》がすみにたてかけてあったが、久しく使用していないようであった。

家の中を一巡して、誰もいないとたしかめてから、新八郎は藤助に手伝わせて、お柳の胸から脇差を抜き、死体を床に横たえた。

それから、さくら茶屋の前に集まっていた近所の若い衆の一人を代官所へ知らせにやり、自殺した侍の死体も、さくら茶屋の中へ運び込ませる。

やがて、代官所から人が来た。が、どうすることも出来ないでいる。

「取り調べは、夜があけてからのことだ。無駄だと思うが、飛鳥山近辺に夜廻りを出してみてくれ」

逃げ去った侍達が、このあたりにうろうろしているとは思えなかったが、念のためでもある。

「旦那、せめて、手をお洗いになって下さい」

藤助が内井戸から水を汲み、盥をひっぱり出して、それに空《あ》けた。

新八郎自身は怪我をしているわけではないが、死体を抱いたり、柱から下ろしたりで、どこも血まみれである。

盥の前へしゃがんで、まず手を洗おうとして、ふと盥を藤助がどけたところへ視線が向いた。そこは土中に大甕《おおがめ》が埋めてあって、甕のへりが一尺足らず土の上に出ている。そこに盥がたてかけてあったものである。

「なんだ、これは……」

のぞいてみた甕は思った以上に大きかった。

水が入っていて底がどのあたりかわからないが、土中に埋まっている部分は人間が二、三人はらくに入ることが出来そうな大きさである。

「なんでござんしょう」

藤助ものぞき込んだ。

その時、この近くの土産物屋の若い衆が土間へ入って来て答えた。

「こいつは、染物の甕でございますよ」

甕の中に染料を入れて、それに布をひたして染めるのだといった。

「阿波の藍染めの甕だって聞いたことがあります」

「なんだって、そんなものがさくら茶屋にあるんだ」

藤助が首をひねり、若い衆が困ったように返事をした。

「よくは知りませんが、冬の間、ここで染め物をしているようで……」

成程、いわれてみれば甕には染料の匂いがした。

夜があけてからわかったことだが、さくら茶屋の中には十数個の甕が土中に埋め込んであった。いずれも阿波の藍染め用の甕で木の大きな蓋《ふた》がついている。が、その殆《ほと》んどに染料は入っていなかった。中はからっぽである。染料が入っていたと思われるのは三個で、その一つは最初に新八郎がみつけたもので、かつては染料が入っていたのだろうが、今は水であった。残りの二個も染料は抜いてしまって、藍の匂いだけがしている。

新八郎と一緒にそれらを調べていた藤助が思い出したようにいった。

「この匂いに、おぼえがございます」

平泉恭次郎の死体が音無川からひき上げられた時、藤助もその場にいたのだったが、

「ほんの僅かですが、平泉の旦那の体から、こんな匂いがしたように思います」

という。

「そいつは凄いことを思い出してくれたぞ」

平泉恭次郎が溺死《できし》したのは、音無川ではなく、この甕の中だったのではないかと新八郎はいった。

「平泉どのが呼び出されたのはさくら茶屋だったのだ」

扇屋から逆の方角へ行くとみせて、現実にはさくら茶屋へやって来た。そこで待ちかまえていた者から、水甕の中に漬《つ》けられて絶命した。

「藍を捨てた後に水を張ったのだろうが、強い匂いは僅かながら平泉どのの体に付いた」

それは音無川に一晩ひたされていても抜け切れないで、藤助がその匂いを嗅いだ。

「するってえと、このさくら茶屋は、いってえ、なんでございましょう」

単に無人だったのを曲者が利用したのか、それとも、最初から一味のかくれ家の意味があるのか。

「阿波の藍甕《あいがめ》ってのが、ひっかかるな」

考えてみると、先般、海賊に襲われて一家が全滅した湊屋は、阿波藩の荷揚げ御用を承っていた。

それに、さくら茶屋の周囲には、将門の古塚の傍にあるのと同じく、四手桜の大樹がある。

更に、昨夜、新八郎が斬り、その後、舌を嚙んで自殺した侍の衣類は藍染めであった。

代官所から検屍の医者が来て、やがてその死体は戸板にのせられて代官所へ運ばれる手筈になっていた。

その指図をしている新八郎のところへ、人品骨柄《こつがら》、まことに立派な老武士が供を伴《ともな》ってやって来た。

「何卒《なにとぞ》、主家の名はお許し願いたい。当藩の者共、若気のいたりにて思慮分別もなく、貴殿に乱暴を働きましたこと、伏してお詫び申し上げる」

実際、老武士は土に手を突いていた。苦渋が、体中に滲《にじ》み出ている。

「御老体、どうぞ、お手をお上げ下さい」

相手の身分を、およそ推量して新八郎は声をかけた。

「察するところ、御藩中の御方の遺体をお引き取りにみえられたものと存ずるが」

「左様、愚かな死にざまとは申せ、国許には老いた親どももあること、ねんごろにとむらってやりとう存ずる」

「さらば、おうかがい申すが、昨夜、それがしは投げ文により、ここへ呼び出され、御藩中の方々の襲撃を受けました。その理由については如何でございますか」

老武士が深く頭を下げた。

「手前が、愚か者どもより訊ねたところによると、昨夜、彼らは手引する者があって、このさくら茶屋を襲撃致したところ、すでに相手にかんづかれ、手引をした者は柱に磔《はりつけ》になって居り、やむなく引き揚げようとするところへ、貴殿が来られ、深い思案もなく斬りかかったと申して居る。まことに面目なき次第にて……」

「すると、手前を呼び出したのは……」

「おそらくは、当藩の者共が襲いそこねた相手が、貴殿と当藩の者共を鉢合わせにして、どちらが斬っても斬られても、おのれらは高みの見物というつもりであったものか」

「その者共について、お心当たりがおありのようですな」

老武士が、新八郎をみつめた。

「その儀については、改めて当方より釈明のため、まかり出る所存、今日のところは、このまま、死体をお下げ渡し下されﾞ」

「失礼ながら、手前の姓名を御存じでございますか」

「南町奉行、根岸肥前守どの配下、隼新八郎どのと承知して居る」

「では一つだけ、お訊ね申す。このさくら茶屋と平将門について、なにか御承知のことはございませぬか」

老武士がちらとさくら茶屋の軒《のき》を仰いだ。

「承平天慶の昔、平将門は父の遺領を伯父どもに奪われたとして乱を起したと承知して居ります。おそらくは、彼《か》の者も自らを平将門に擬していることかと……」

「彼の者といわれますと……」

「昨夜、藩中の者が、家名を守るため、止むにやまれず、襲撃をかけた相手……しかしながら、到底、当藩の若者どもの手に負える相手ではござらぬ」

改めて、老武士が、新八郎へ向き直った。

「そのことについては、一両日中に、当方より隼どのをお訪ね申したく存ずる。何卒一両日、御待ち頂きたい」

あっさりと、新八郎はうなずいた。

「承知いたしした。何卒、御藩中の方の御遺体をおひきとり下さい」

「かたじけのうござる」

新八郎に背をむけた老武士の紋付に朝陽が当たっている。九曜星の家紋であった。

新八郎が代官所へ話をつけて、老武士が遺体を引き取って去ってから、藤助に金を持たせて扇屋への支払いを頼み、新八郎はまっしぐらに南町奉行所へ戻って来た。たまたま、奉行所の外で、大竹金吾に出会った。

「隼どの、如何なされました」

彼が顔色を変えたのは、新八郎の衣服が血に染まっていたためだったが、

「いや返り血だ」

くわしい説明をする余裕もなく、新八郎は訊ねた。

「高丸龍平のことだが、たしか、養子ときいていたが、その生家はわかるか」

「手前は存じませんが、本所方与力、近藤作左衛門どのならば、或いは……」

「すぐ訊いてみてくれ。俺は御用人の部屋にいる」

言い捨てて、高木良右衛門のところへ行った。

飛鳥山でのあらましを話したところへ、大竹金吾が近藤作左衛門を伴って入って来た。

「高丸龍平の生家でござるが、たしか、殁《なく な》った養父、高丸仁左衛門どのの話では、阿波藩中の友人の悴と申して居ったが……」

その友人の名については、仁左衛門の妻の琴江に訊けばわかるだろうといった。

「今一つ、深川佐賀町に源七と申す船頭が居るが……」

船頭といっても、本所方の舟手としていざという時にはお上の配下になる。

「あの者は元、阿波藩の舟方であったが、固苦しい武家奉公を嫌って、町方へ下りたと申し、大川の事情にも明るいので、お上御用を申しつけたが……」

今から二十年以上も前のことだといった。

近藤作左衛門と大竹金吾が下《さが》ってから、高木良右衛門が訊ねた。

「新八郎が、高丸龍平に疑いを持った理由はなんじゃ」

「手前が飛鳥山へ参りましたこと、御用人の他は手前の女房ぐらいしか存じて居りません。ただ、考えてみれば、昨日、奉行所を出るところで高丸龍平に出会い、彼には飛鳥山へ参ることを告げて居ります」

以前にも、一度、同じようなことがあったと新八郎は思い出していた。

新八郎が飛鳥山へ行っている留守に、湊屋が襲撃された事件である。あの折も、新八郎の留守を、高丸龍平は知っていた。

「だが、それだけで高丸龍平を疑うのは如何なものか」

高木良右衛門は信じられない顔であった。

「仰せの通りです。手前の思いすごしであればよいのですが……」

阿波藩の重役に九曜星の紋所の侍がいる筈だと新八郎はいった。

「御奉行より、至急、そちらへお問い合わせ頂けますまいか」

阿波藩中で、本所方、高丸仁左衛門へ我が子を養子にやった者はいないか、いるとすれば、なんという人物か。

「お手配を願いとう存じまする」

「心得た」

奉行所を出て、新八郎は一度、役宅へ戻って来た。

とにかく、衣服を着がえないことには仕方がない。

出迎えたのは、女中であった。おとりといって、郁江が嫁入りする時に伴って来た女である。新八郎をみて、不思議そうな顔をする。

「郁江はどうした」

いつものことで、実家へでも遊びに行ったのかと思ったのだが、

「旦那様からのお使いが参りまして、お出かけになりましたので……」

という。

「俺からの使い……」

「はい、飛鳥山で捕り物があり、旦那様はお怪我はたいしたことはないが敵の返り血

でお召し物が汚れたので、至急、お召しかえが要《い》るとのことで、奥様はとるものもとりあえず、迎えの者と一緒にお出かけになったのでございます」

「はて……」

たしかに、その通りであった。怪我はしていないが、衣服が血まみれになったのは事実である。

ひょっとして、藤助が気を廻して、そんな使いを出したのかと思ったが、それならそれで藤助が新八郎になにもいわなかったのは可笑しい。

それでも、その時の新八郎はまだ郁江が出かけて行ったことを、重大には考えていなかった。

ともかくも、衣服を着がえた。

「奥様は、旦那様がお怪我をされたとおききになって、それはもう、御心配の御様子でございました。お召し物は私がお持ちしますと何度も申し上げたのですが、どうしても御自分でいらっしゃると……」

おとりがくどくどというのを聞いている中に、新八郎はなんとなく不安になった。

そこへ、藤助がやって来た。

飛鳥山での後始末を終えて、律義《りちぎ》にその報告をしに、奉行所まで来たものだったが、おとりの話を聞くと顔色を変えた。

「あっしは、そんな使いを出しちゃあ居りませんが……」

代官所の者は、隼新八郎の役宅へ使いなど出すわけはなかった。

「使いは、どんな奴だった」

新八郎に訊かれて、おとりが答えた。

「若い男でございました。如何にも、お上《かみ》のお手先といった感じで……」

お堀外に駕籠が待たせてあるといい、郁江をいそがせて出かけて行ったという。

さすがに新八郎は心が冷えた。

これは誘拐《ゆうかい》と考えたほうがよかった。

とすれば、敵はやがて新八郎になにかいって来る筈であった。

新八郎は待った。下手に動くわけには行かない。気がついて、藤助を奉行所へやって大竹金吾を呼んだ。

事情を話すと、

「なんですと。御新造が……」

と顔色を変えたが、さすがに八丁堀育ちでそれ以上はさわぎ立てなかった。

「手前に出来ることをおっしゃって下さい」

といわれて、新八郎は深川へ行ってお小夜と源七がどうしているかそれとなくみて来てくれといった。

「それと、高丸龍平が八丁堀の屋敷にいるかどうか。龍平の養母にかわりはないかを確認してもらいたい」

大竹金吾はすぐにとび出して行った。

「こんな時に、駒込へ帰る気にはなれません。せめてお屋敷のすみにおいて頂きます」

という藤助と共に、新八郎は敵が仕かけて来るのを待った。

夜が更けて、御用人から新八郎に呼び出しが来た。

藤助にあとを頼んで御奉行の私室のほうへ行く。

「先程、阿波藩江戸屋敷から使いが参った」

阿波からの御用船が明日の夜、江戸の沖へ入って来るという。

「阿波藩では海賊の襲撃を避けるために、御用船の到着をぎりぎりまで伏せておき、荷揚げ舟も別途に品川の四国屋に命じて、あらかじめ、本所の松平家下屋敷のほうに待機させる手筈になって居る」

従って、今回は町奉行所も特に本所方へ阿波藩の御用船が大川口へ入って来ることは触れないことにするというものであった。

「尚、これは秘中の秘じゃが、この度の阿波藩御用船には、松平阿波守様御嫡男万千代君が、将軍家御挨拶のため出府なされるべく、御乗船になってお出でなそうな」

根岸肥前守の言葉に、新八郎は思わず顔を上げた。

「阿波守様御嫡男には、御用船にて御出府なされるのですか」

「左様、本来ならば、大坂より陸路を参られるところだが、幼い頃より船がなによりもお好き故、あえて海路をおえらびなされたと申すのじゃ」

大名の嫡子が乗船している御用船が大川口で海賊に襲われることがあっては一大事であった。

それ故、到着の日程については、実際に船が大川口へ入るまで極秘にし、すべてを江戸屋敷がとりしきるという。

「しかし、それでは、町奉行所の面目が丸つぶれとなりましょう」

阿波藩の言い分は、まるで町奉行所が海賊を飼ってでもいるような按配である。

肥前守は、お気に入りの配下の顔を眺めて苦笑した。

「たしかに、そちの申す通りじゃが、それについては、阿波藩のほうに少々の心当たりがある故じゃそうな」

「心当たりとは、町奉行所の配下の者に、海賊に内通する人間が居るとでも……」

「その件につき、先方は特に其方を名指して助力を願いたいと申して居る」

「手前を、で、ございますか」

「阿波藩、江戸御留守居役、大岡但馬殿、間もなく、内密にここへ参られる。ちなみに阿波藩中にて九曜星の家紋を持つ者は、大岡但馬殿とのことだが……」

「左様でございましたか」

新八郎が納得した時、用人の高木良右衛門が大竹金吾を伴って、お次の間まで来た。

「御奉行に申し上げます。只今、大竹金吾より、隼新八郎に報告いたしたきことがある由にて……」

「かまわぬ。そこにて申せ」

大竹金吾が顔をあげた。

「深川へ参りましたところ源七、並びにお小夜の家には誰も居りませず、近所の者の話ではここ数日、両名の姿をみた者はいないとのことでございました」

新八郎が膝をむけた。

「して、高丸龍平は……」

「彼の屋敷には、本所方、近藤作左衛門どのもみえて居られましたが、龍平の養母の琴江どのが俄かの発病とやらで、医師も来て居り、龍平は養母の枕許につきそっているとのことにて……」

「琴江どのが急病……」

歿った高丸仁左衛門の妻である。

「今朝方、おびただしく吐血致したとか。医師にも訊ねてみましたが。病名はわからぬようです」

傍から高木良右衛門がいった。

「尚、隼新八郎の妻、郁江どの、何者かによって誘拐されている由にてございます」

肥前守が新八郎をみた。

「新八、まことか」

新八郎はつとめて沈痛を表情に出さなかった。

「いまだ、確証はございませんが……」

敵からは、なんともいって来ていない。

そこへ、取り次ぎが大岡但馬が来た旨を知らせて来た。

その夜、奉行所の奥には夜更けまで灯が消えず、ひそやかな話し合いが続いていた。

翌朝、根岸肥前守はいつものように辰の刻に登城した。

南町奉行所はこの月、非番であって、与力、同心達は月番の時の残務処理のため、各々、御用部屋に詰めていたが、どちらかといえば閑散とした感じではあった。

高丸龍平が奉行所に顔を出したのは、正午に近い刻限であった。

「母御の御容態は如何でござるか」

と訊いたのは本所方同心の笹井繁之進で、それに対して、龍平は、

「いささか落ちついて居りますが……」

と看病やつれのした顔で答えた。

そこへ、大竹金吾が来た。

「今、御用人からうかがったことだが、隼新八郎どのの御内室が飛鳥山へ出かけられたきり、未《いま》だに戻らぬとのことだ。隼どのは早朝、飛鳥山へ行かれたそうだが……」

笹井繁之進が不審そうに訊ねた。

「なんだ。いったい」

「よくわからぬのだが、御用人は御奉行にも申し上げにくいと困惑して居られた」

隼新八郎は隠密の御用を承っているから、なにかあるのかも知れないと、御用部屋

は暫く、その話で賑っていた。

やがて、大竹金吾もどこかへ出かけて行き、高丸龍平も母の容態が気がかりだからと奉行所を退出して行った。

昼の中は、蒸し暑く、じっとしていても汗が滲み出るような一日だったが、夕方になって雷鳴が聞こえて来た。

「夕立があるかも知れぬ」

誰かがいったとたんに、稲妻が光って、それがきっかけのように雨が降り出して来た。

阿波藩の御用船が大川口に姿をみせたのは、ちょうど、その頃であった。

波はそれほど高くはなかったが、雷と雨が凄《すさま》じかった。

船頭は心得て、帆を下ろし、船は大川口の深川寄りに碇《いかり》を投じて、夕立の上がるのを待っていた。

本所の下屋敷から出て来る筈の荷揚げ舟も、この大雨のためか、まだ、やって来ない。

甲板《かんぱん》では、船頭の五郎七が船子達と空を仰いでいた。

雨のために日の暮れが早くて、あたりはもう夜の気配であった。

篠《しの》つくような雨の中を、大川のほうからこちらに漕《こ》いで来る舟をみつけたのは、船子の一人で、彼はたまたま舳先《へさき》のところで積荷に雨よけのためにかけてある布の具合をみていた。

荷揚げ舟が来たと思い、彼はその舟へむかって手を上げ、甲板をふりむいて仲間に声をかけようとした。

だが、彼の声は甲板の仲間に届かなかった。

近づいた舟の上から飛んで来た鉄砲玉が彼の体を貫《つらぬ》いて行ったものである。

同じ頃、甲板の右舷にいた船子は暗い海の中に、突然、浮かび上がった舟をみて仰天した。

「幽霊舟だ」

という叫びが船上をかけ抜け、多くの船子達が甲板から海上を見下ろした。

さして大きくはない舟の帆柱に女がくくりつけられていた。

髪は乱れて、女の顔のなかばをかくしていた。着物がはだけられて白い肩がむき出しになっている。

帆柱の周囲の篝火《かがりび》が燃えているのに、その舟には人の姿がみえなかった。

生きているのか、死んでいるのか、帆柱にくくりつけられた女は身動きもしない。

甲板の上で、その幽霊舟に気をとられていた船子達は反対側の左舷から甲板へよじのぼって来た海賊に漸《ようや》く驚いた。

絶叫が、そこここに起り、船から身をおどらせてとび込む者が続いた。

「逃げろ」

と叫んでいるのは、船頭の五郎七自らであった。

海賊に向かって戦おうとする者は一人もいない。

「若……」

という声が、海賊の中で聞こえた。

老いてはいるが、よく透る声である。

続いて、黒装束の男が、二、三人に取り囲まれるようにして近づいて来た。

「松平万千代はどこだ」

「おそらく、船底と思われますが……」

老いた声に不安がのぞいた。

「御用心なされませ。あまりにも相手に抵抗がなさすぎます」

「侍どもは万千代についているのであろう。一人残らず斬り殺せ」

「承知しました」

船底へ下りる階段を老武士が二、三人と共に下りて行き、そのあとに頭目と思われるのが続いた。

船底には厚い木の扉がある。

用心深く、海賊の一味が扉を押した。

意外なことに、そこに人の姿はなかった。

ただ、松平家の家紋のついた長持がずらりと並んでいる。

「あけてみろ」

頭目が叫び、そのいくつかに海賊の手がかかった。長持をのぞいた一人が異様な声を発した。

「若……」

「どうした。なにが入っている」

近づいて長持をのぞいた頭目がぎょっとしたようであった。

長持はすべてが、からであった。しかも、その内蓋には、ことごとく張り紙がしてあった。

この頃、お江戸に流行るもの
地震、大水、船幽霊、

退治したくば、飛鳥にござれ
　花の下なる、平将門
「はかられたか」

うめくようにいい、頭目が背後の老武士をふりむいた。彼がうなずき、一味に号令した。

「若殿をお守りして、甲板へ出よ。直ちに舟へ戻るのだ」

その時、開けはなしてあった扉のところから、一人の男が顔を出した。

「高丸龍平、御苦労だったな」

船底の灯が、男の顔を淡く浮かび上がらせた。

「隼新八郎、やはり、貴様の手配か」

頭目が黒い頭巾のかげで苦笑した。

「松平万千代は、どこだ」

「残念だが、品川沖で四国屋の持ち船に乗りかえ、すでに阿波藩上屋敷に入って居られる」

黒装束の一人が、無言で新八郎へ斬りかかったが、大刀は空《むな》しく船底の低い天井に切り込んだだけである。

新八郎の姿が船底の入り口から消え、それを追うようにして海賊の集団が船底から甲板に出た。

船上では町奉行所の捕り方と海賊一味が激しく戦っている。

その中を、ざんばら髪の男が走り寄って来た。

「源七、もはや、これまでだ。若殿を舟へお移ししよう」

甲板の積荷が燃えて、そのあかりが血まみれな顔を照らしている。海手屋久兵衛であった。

「心得た」

源七が応じ、この船の舷《ふなばた》から下っている縄梯子《なわばしご》へ近づいた。いつの間にか、すぐ近くに幽霊舟が来ている。

「待て」

追いすがったのは新八郎で、左右から襲いかかった海賊二人を、あっという間に斬り伏せる。

頭目、つまり高丸龍平を背にかばうように立っていた海手屋久兵衛と源七が新八郎へ同時に叫んだ。

「お小夜……」

「どこだ。お小夜……」

幽霊舟の上に、女の姿がみえた。手に短銃を持っている。

「みるがいい、新八郎」

高丸龍平が甲高《かんだか》くいった。

「幽霊舟の女は、貴様の女房だぞ」

さすがに新八郎は幽霊舟に目をこらした。

お小夜が左手に持った松明《たいまつ》を帆柱にくくりつけられている女の顔の近くにさし出した。

女は郁江であった。青ざめた顔は死人のようだったが、さしつけられた松明に僅かに身をよじるのは、まだ生きている証拠のようであった。

「新八郎、そこを開けろ。俺達が船を下りるのをさまたげてみろ、お前の女房はお小夜が撃ち殺す」

高丸龍平の声が勝ち誇っていた。

「それとも、貴様、女房の命とひきかえに、俺を斬って手柄にするか」

「おのれ」

低く、新八郎がうめいた。

「女房に、なんの罪がある」

「貴様が俺の敵に廻った罪だ。どうする、俺を逃がすか」

「刀を捨てろ」

海手屋久兵衛が新八郎に命じた。

「女房を殺したくなければ、刀を捨てて一緒に来い」

僅かの間をおいて、新八郎は大刀を捨てた。

「脇差もだ」

鋭く久兵衛がいい、新八郎は脇差を鞘《さや》ごと抜いて、舷へ投げる。

「よし、一緒に来い」

すでに高丸龍平は舷から縄梯子を下りていた。続いて、久兵衛と源七が新八郎を楯《たて》にして、同じく縄梯子をすべり下りる。

甲板の捕り方の何人かが気づいて走って来たが近づけなかった。新八郎が人質になっている。

「どうする気だ」

幽霊舟へ乗り移って、新八郎がいった。

「大川筋は本所方が固めているぞ。逃げられると思うのか」

「お前ら夫婦を見殺しにするなら、話は別だが……」

龍平が苦笑し、久兵衛が舟子に声をかけた。

「急げ、海へ出るぞ」

雨は小降りになっていたが、雷鳴はまだ残っている。

舟が動き出し、新八郎は帆柱の傍へ寄った。

「郁江」

かすかに、郁江が口を動かしたが、声は聞こえない。

御用船の甲板では、まだ捕り物が続いていた。

新八郎が拉致《らち》されたのを知った捕り方がなにか叫んでいる。

「馬鹿どもが……」

高丸龍平が低く笑い、船上に燃えていた篝火に水をかけている久兵衛へいった。

「沖へ出たら、帆を上げるのだな」

「良い風が出て居ります」

久兵衛が怪我をしている左手へ手拭を巻きつけながら応じた。

「この舟は舟足が速うございます。本所の早船でも追いつけますまい」

篝火が消えて、舟の中はまっ暗になっていた。

「こいつらはどうする」

と龍平。

「沖に出ましたら、鱶《ふか》の餌食《えじき》に致します」

笑った久兵衛に、新八郎がいった。

「どこへ逃げる気だ。阿伽様をあてにしても無駄だぞ」

三人の男が、はっとした様子をみせた。

「阿伽様は、すでに江戸御留守居役、大岡但馬どのが、阿波藩下屋敷へ移した」

「なんだと……」

「松平阿波守様には、其方どものこと、御家老よりお耳に入って居る」

「うぬっ」

龍平の形相《ぎようそう》が変わった。

「お小夜、撃て、新八郎を撃ち殺せ」

その時、新八郎の背で藤助の声がした。

「旦那、万事終わりましたぜ」

新八郎が藤助のさし出す脇差を取ったとたんに、藤助は郁江を抱いて海へとび込んでいた。

終《しゅう》焉《えん》

藤助が海へとび込むのをきっかけのように、暗い海の上に灯が浮かび上がった。

本所方の早船をはじめとして、幾艘もの猪牙《ちょき》にはずらりと捕り方が並んで、幽霊舟を取り囲む。

新八郎は藤助から渡された脇差を抜いて正眼にかまえた。

「高丸龍平、並びに元阿波藩士、山本久兵衛、松井源七、もはや逃《のが》れぬところ、神妙に縛《ばく》につけ」

高丸龍平が叫んだ。

「お小夜、撃て、なにをしている」

だが、お小夜は短銃を抱くようにしたまま、新八郎をみつめているだけであった。

「お小夜」

たまりかねたように、龍平がお小夜から短銃を取ろうとした時、お小夜の手が急に上がった。小さな炸裂音《さくれつおん》がして、龍平の体が大きくよろめいた。

「こいつ、血迷ったか」

久兵衛がお小夜へ大刀をふり下ろし、その久兵衛へ新八郎が体当たりした。

源七は茫然として、すでに戦意を失っているようであった。

幽霊舟には近づいた捕り方の舟から、次々と南町奉行所の同心が乗り移っている。

稲妻が光り、最後の雷鳴が海上を轟《とどろ》き渡った。

高丸龍平はお小夜の短銃に胸を撃ち抜かれて絶命し、そのお小夜は久兵衛に斬られて死んだ。

久兵衛と源七は捕えられ、南町奉行所において取り調べを受けた。だが、その吟味の内容は極秘にされ、調書もことごとく焼き捨てられた。

元阿波藩士、山本久兵衛は海手屋久兵衛として処刑された。

即ち、海手屋久兵衛とは世をあざむく仮の姿で、その実、大川口を荒らす海賊の首領であり、世上をさわがし、人を殺し、掠奪をほしいままにするなど、その罪軽からず、よって断罪に処す旨、申し渡された。

同じく、元阿波藩士、松井源七は、船頭源七として、其方儀、お上御用を承る本所方船頭にもかかわらず、海賊に組すること不届至極につき、八丈島に遠島申しつける、と裁断された。

隼新八郎が阿波藩中屋敷に大岡但馬を訪ねたのは、二人の処分が決まってからのことである。

「まず、阿伽様の御様子、おみせ申そう」

但馬が自ら案内したのは広い庭の奥に建てられた離れ家で、そこには初老の女が腰元と手鞠《てまり》をついていた。すでに五十をすぎていると思えるのに、歌う声も、仕草も童女のままであった。

「阿伽様は先殿、末姫にお生まれなさりながら、幼時、高熱のため御脳を患い、以来、人並みにてはお暮らしになれぬ有様になり申した」

大岡但馬の声は沈痛であった。

肉体は人並みだが、心の成長の止まってしまった姫君は下屋敷に移されて、ひっそりと世間からかくされていたが、やがて、姫君に恋人が出来た。

「お傍仕えの腰元、お柳の手引によって、当藩士で下屋敷警備の任にあった山本久兵衛とねんごろになり、やがて、ひそかに産み落とされたのが若君であった」

この時、阿波藩の重役が困惑したのは、阿伽姫の父である先殿はすでに他界されて、松平家から養子が入り、家督を継いでいたためである。即ち、今の松平阿波守であった。

産んだのが世間へその存在さえかくしていた先君の末姫であり、その父親は身分の低い藩士であった。当然、この若君は公《おおや》けに出来ない。

たまたま、阿波藩船方の松井源七がお柳の兄に当たり、彼が本所方同心、高丸仁左衛門と親しかったため、素性《すじよう》をぼかして、若君を仁左衛門の養子にしてもらった。

仁左衛門はおおよその事情は承知していたのだろうが、なにもいわず、この不幸な若君の養父の役をひき受けた。

「松井源七は若君の成長を見守るためもあって、主家から暇を取り、本所方船頭となって深川に住むようになったものじゃ」

その一方で、山本久兵衛は阿波藩から追い出された。主君の姫とひそかにねんごろになった罪を問われたもので、腰元のお柳も同じく追放された。

久兵衛はお柳と夫婦同然の仲になり、やがて大川口に荷揚げ舟屋の店を出した。

彼等は高丸龍平の成長を待ち、折をみて、彼に出生の秘密を打ちあけた。

阿波藩中にも、この不幸せな星の下に産まれた若君に心を寄せる者があった。

その当時、阿波藩では重役の中に反目があって、結局、江戸家老、大岡江右衛門が勝った。大岡但馬の兄に当たる人物である。

で、失脚した藩士を、海手屋久兵衛が言葉巧みに仲間にひき入れて、阿波藩にお家騒動を起そうと企《たくら》んだのが今回の事件であった。

「阿伽様は最初、この下屋敷にお住まいだったが、先殿御他界の折、御養子になられた殿様にお家の恥を申し上げにくく、そのため、阿伽様を根岸に近い日暮里の寮へお移しして余生を送って頂く所存であったが……」

高丸龍平はそれを知って、阿伽様、つまり自分の生母を我が手中におさめ、人質にするつもりで一度は或る場所にかくしたが、その企みを知らせる者があって、阿伽様は危ういところを再び、阿波藩へ迎えられ、

「殿様、思《おぼ》し召しをもって、このように下屋敷へお戻りなさることになった」

もはや、その余生については、なんの心配もないと大岡但馬はいう。

「飛鳥山のさくら茶屋で殺害されたのは阿伽様ではなかったのですな」

平泉恭次郎が新八郎にいったのは、最初、新八郎が高丸龍平に誘われて出かけた飛鳥山での殺人の被害者を阿伽様と呼ぶ女ではないかということであった。

「あれは、我々が阿伽様のお傍につけておいたお勢以と申す女中でござった」

万一、高丸龍平が阿伽様に接近した時の連絡係で、いわば、江戸家老方の隠密の役目をしていたのだが、

「高丸龍平側はそれを知って、手前の名を使い、飛鳥山へ偽手紙でおびき出して殺害したものじゃ」

いってみれば、高丸龍平の阿波藩に対する宣戦布告であった。

「あの時、手前は高丸龍平とさくら茶屋に居りました」

もの凄い落雷が近くにあって、新八郎はお小夜にしがみつかれた。美女の柔肌を抱きしめて、さすがの新八郎も一瞬の油断が生じた。その間に、あらかじめ、さくら茶屋の土間の奥にかくれていた山本久兵衛が、お勢以を殺害した。

「まことに汗顔のいたりです」

新八郎の言葉に、大岡但馬が首を振った。

「いや、しくじりと申せば、あの折、我等が根岸肥前守どのに、すべてをお話し申し、御助力を願えばよかったのだ」

なるべくなら、主家の恥を世間へさらしたくないばかりに、なんとか内々でことをおさめようとした。

だが、町方同心、平泉恭次郎が飛鳥山の殺人にくい下って来た。

「平泉恭次郎に、阿伽様の身許をほのめかしたのはお柳だったそうだ」

無論、阿波藩へゆさぶりをかけるのが目的だったのだが、同時に、

「お柳は、そのあたりから不安になっていたものらしいな」

「仰せの通りです」

新八郎がうなずいた。

「これは、松井源七が自白したことですが、山本久兵衛、高丸龍平父子は女を道具としてしか扱わぬ男達だったようで……」

久兵衛はお柳と関係がありながら、一方で息子の女であったお小夜に手をつけた。

「お柳は、自分の姪に当たるお小夜を、久兵衛が暴力で犯し、その一方、龍平が、父親とお小夜の関係を知りながら、やはり、お小夜を父親と共有しているのをみて、嫉妬と恐怖の念を持ったようです」

お柳は、そのことを兄の源七に訴えたが、源七にしてみれば、一人は主家の若君であり、一人はその若君の実父に当たる人間であった。

彼にしても、怒りは感じたものの、どうすることも出来なかった。

お柳が平泉恭次郎に接近したのは、万一の場合、一味から寝返りを打つ準備ともいえた。

「平泉は、お柳の示唆《しさ》によって、阿伽様の存在を嗅ぎつけ、それで御当家へ赴《おもむ》いたようですな」

新八郎が、いいにくそうにいった。

「これは、手前ども、町奉行所に属する者にとっては痛恨と申すべきですが、平泉にしてみれば、この際、松平家と昵懇《じっこん》になっておけば、さきゆき都合がよいと思ったものでしょう」

町方同心の中には、特定の大名家と親しくなって、その江戸屋敷に出入りをするのを役得と心得ている者がいた。大名家からは節季ごとに金品が贈られるし、いい収入になった。

平泉恭次郎がそう考えたとしても仕方がないほど、奉行所の中には古くからの慣例として収賄を当然とする雰囲気があった。

「お奉行としては、松平家に対し、面目なく思われて居ります」

大岡但馬が新八郎を制した。

「いや、それとても責められるは当藩であった」

平泉恭次郎に対し、板倉屋を通じて話をつけようとしたのが間違いだったと大岡但馬はいった。

「板倉屋は古くから、当家に出入りの札差ではあり、心を許したのがあやまちであった」

よもや、板倉屋庄兵衛の弟の利平が、海手屋久兵衛と通じているとは思わなかった。

大岡但馬の頼みを受けて、板倉屋利平は平泉恭次郎を日暮里の寮へ呼び、歓待し、阿波藩の重役が飛鳥山で彼に会い、今後のことなどにとりきめをしておきたいからといって飛鳥山へ呼び出した。

「これは、手前が板倉屋利平を調べて知ったことですが、平泉恭次郎はまず日暮里の板倉屋の寮で阿伽様と対面し、翌日、板倉屋を正午前に出て、待たせてあった藤助と落ち合い、板倉屋の指示通り、扇屋に宿を取ったそうです」

で、藤助が油屋へ立ってから、あらかじめ打ち合わせていたように、雨の中をさくら茶屋へ向かった。

さくら茶屋で大岡但馬に対面するつもりだったのが、そこに待ちかまえていたのは海手屋久兵衛と高丸龍平の一味で、

「手前が想像したように、平泉は水の入った藍甕の中に力ずくで漬けられて絶命した後、音無川へ捨てられたそうです」

無論、大岡但馬の全く知らぬことであった。

平泉恭次郎の死を知って、大岡但馬は驚いて板倉屋を問いつめたが、全く知らぬこ

とだといい、追及から逃げた。

その頃が、大岡但馬にとっても、一番、苦しかった時期で、下手にさわげば、お家の恥辱を表に出すことになるし、といって、町奉行所の人間が死んだとなっては、奉行所が動き出さないわけはない。阿波藩にとって、幸か不幸か、平泉恭次郎は全く単独でことを行って居り、町奉行所の誰にも打ちあけていなかった。

奉行所が平泉恭次郎の死に対する探索に手を焼いたのは、そのためであったし、阿波藩のほうも、いっそ、なにもかも打ちあけて奉行所の協力を求めるというまでに至らなかった。

一つには、阿伽様がまだ敵の手中に落ちていたからでもある。

「よもや、阿伽様を板倉屋がかくまっているとは露知らず、お柳がそれを知らせてくるまで、我々は手を尽して、阿伽様のお行方を探って居った」

「板倉屋利平は、この前の棄捐令によって左前になった店をたて直すために、廻船業に手を出し、それに目をつけた海手屋久兵衛が、海賊をして盗んだ品物を、板倉屋の船で西へ運び、売りさばきを頼んだもので、最初、利平はそれを盗品とは知らず、後に事情を知った時には、もはや一味として逃れようもなかったと申して居ります」

知らなくても、盗品をさばいた以上、同罪となる。

「庄兵衛のほうは、店を利平にまかせていて、なにも知らず、阿伽様を寮にあずかったのも、阿波藩からの依頼とばかり思っていたそうですが、阿伽様の持病の療治のために竹の市を呼んだことが、龍平の耳に入り、龍平は竹の市の口から阿伽様が日暮里の板倉屋の寮にいることが知れてはならないと、竹の市を寮に幽閉し、家へ帰さなかったそうです」

それで、はじめて庄兵衛は弟が一味に加担しているのを知って、利平を責めた。困惑した利平がお柳に相談をし、お柳は阿波藩に寝返る決心をして、大岡但馬に阿伽様の居所をひそかに知らせた。

で、大岡但馬としては、すぐに腹心の侍をやって、板倉屋の寮から阿伽様を阿波藩下屋敷へ移したのだが、お柳のほうは裏切りが一味に露見して、さくら茶屋で高丸龍平により処刑された。

「高丸龍平は、平将門を気取っていたようですな」

新八郎が低くいった。

将門は平良将の忘れ形見でありながら、所領を親族に奪われたのを怒って叛乱を起し、一時は関東を制圧して平新皇を称した。

同じように高丸龍平は阿波藩主の血をひきながら、松平家から養子に入った松平阿波守に阿波藩を奪われたと考えた。

「だが、結果は平将門同様、討たれたと申すことでしょうか」

考えてみれば、哀れな生涯といえないこともない。

だが、新八郎が彼を許せないと思うのは高丸龍平の、お小夜、お園、お香達に対する仕打ちであった。

お小夜は父の久兵衛と共有の女にし、お園は自分の素性が暴露しかけると親共々、殺害した。お香は父を同じくする妹なのに、それとも倫理を越えている。

「高丸龍平が最後にお小夜に撃ち殺されたのは、因果応報と申すものでござろうな」

大岡但馬がいい、そっと阿伽様のほうを眺めた。

鞠つきにも飽《あ》きたのか、阿伽様はぼんやり庭の百日紅《さるすべり》の梢の花をみつめている。

自分の産んだ子が、なにをしでかしたのか、そのためにどれほどの人が死んだのか、なにもわからず、ただ童女のままに日を重ねて老いていくだけの人を、新八郎は複雑な思いで見守った。

その秋、本所の湊屋は、四国屋へ奉公に行っていた勘太郎が正式に跡目を継いで、湊屋勘兵衛を名乗り、休業状態にあった湊屋を復興した。

木の香も新しい店には先代からの奉公人が威勢よく立ち働き、まだ若い主人の表情にも、明るさが戻っていた。

「なにもかも、隼の旦那のおかげでございます」

祝いに顔を出した隼新八郎に、これも品川から湊屋の再出発の景気づけに来ていた四国屋五郎兵衛が、若い勘兵衛と共に礼を述べた。

「なに、俺の力ではない。お奉行のおはからいによるものだ」

先代勘兵衛が、高丸龍平の企みを知らず、彼の手引で、板倉屋利平から千両の金を借り、その金が湊屋へ入った夜に盗賊が入って家族が皆殺しになり、千両を奪われた。

奪ったのは、無論、高丸龍平一味で、その金は海手屋久兵衛の倉におさまっていたのだが、根岸肥前守の配慮で、湊屋へ戻された。

それを元手にして湊屋は復活することになったので、その尽力をしたのが四国屋五郎兵衛であり、隼新八郎であった。

その湊屋勘太郎改め勘兵衛には、来年、四国屋の娘が嫁に来ることになっている。

江戸を荒らした海賊一味は一掃されて、本所、深川に穏やかな秋が来ていた。

新八郎が湊屋を出ると、大竹金吾が待っていた。

「御用人にうかがいましたら、湊屋へお出かけとのことでしたので……」

高丸龍平の義母に当たる琴江は、龍平の悪事については、全く知らなかったことがはっきりしたので、格別のおとがめはなく、

「高丸の家は、折をみて八丁堀の組屋敷の同心の子息から適当な者をえらんで養子にする旨、お奉行より本所方与力、近藤作左衛門どのに申し渡されたそうです」

「それは、よかった」

肩を並べて永代橋へ出る。

そこから佃島がみえていた。

「大川筋を荒らした海賊の本拠が、海手屋とは考えたものだな」

大川口で仙台藩の御用船が襲われた時、深川側からも、その対岸からも、佃島が邪魔になって海上を見渡すことが出来ない。

御用船を襲った海賊舟があっという間に姿を消せるのも、大川口に舟着場を持っている海手屋なればこそであった。

「隼どのは、最初から海手屋をあやしいとお思いだったのではありませんか」

大竹金吾に訊かれて、新八郎は苦笑した。

「そうではない。たしかに海賊を働くのに地の理は良いとは思ったが……」

まさか、堂々たる荷揚げ舟屋が海賊の世を忍ぶ姿とは考えられなかった。

ませて、阿波藩のお家騒動がからんでいるとは夢にも思い及ばぬことであった。

「ただ、海手屋久兵衛の店を訪ねた時、如何にも江戸詰めの藩士といった恰好の武士をみた」

今にして思えば、あれは阿波藩の内紛ではじき出され、高丸龍平に肩入れして、お家乗っ取りを企んでいた連中に違いない。

「どうも、今度の事件では、後手後手へ廻ったようだ」

高丸龍平が敵と気がつくまでに時間がかかりすぎた。

「いつ頃から、高丸龍平を可笑しいと思われたのですか」

「湊屋が襲撃された時からだ。湊屋が高丸龍平の口ききで板倉屋から千両の借金をし、それが海賊に奪われたと聞いて、或いはと思った」

「手前は、隼どのから教えられるまで、気がつきませんでした。よもや、自分の仲間に海賊の首領がいたとは……」

町奉行所の面目丸つぶれだと大竹金吾はいった。

「幸い、公けにはならなかったからいいようなものですが……」

「高丸龍平も哀れな男だ」

智恵者は智恵に溺《おぼ》れるというが、飛鳥山へ隼新八郎を同行して、わざわざ目の前でいわれている新八郎への挑戦の心算《つもり》だったのかも知れなかった。

「それにしても、女はわからんな」

大川の水をのぞくようにして、新八郎が呟いた。

「俺は、お小夜と高丸龍平の件に気がつかなかった」

よもや、緋桜小町が高丸龍平の女とは想像もしなかった新八郎である。

「女心は不可解と申しますが……」

思い出したように、大竹金吾が懐中から手拭にくるんだものを取り出した。

「久兵衛に斬られた時、お小夜が髪に挿《さ》していた櫛《くし》です。せめて、娘の形見にと思い、島送りになる源七に渡そうとしたところ、隼どのに差し上げてくれといわれまして……」

なにか、心当たりがおありですかと、大竹金吾は女物の櫛を新八郎にみせた。

それは、いつぞや新八郎が富岡八幡の門前町で、お小夜に買い与えた櫛であった。

高丸龍平が、新八郎の妻の郁江を誘拐して、新八郎に最後の戦いをいどんだ船上に、お小夜は、新八郎から贈られた櫛を挿して乗り込んでいた。

そして、土壇場で、彼女は新八郎へむける筈の銃口を、高丸龍平へ放《はな》って、新八郎の命を救った。

そのお小夜の気持を、新八郎は重く受けとめていた。

最初、飛鳥山でお小夜に出会った時、新八郎は彼女に好意を持った。

それは、決して恋慕といった感情ではなかったが、お小夜のほうはどうだったのか。

「この櫛は……」

辛《かろ》うじて、新八郎はいった。

「明日、飛鳥山へ墓まいりに行った時、寺へおさめて来るとしよう」

大竹金吾は、この男らしく律義《りちぎ》にうなずいた。

「それがよろしゅうございます。明日は藤助が飛鳥山でお待ち申しているそうです」

永代橋から眺める大川口に夕陽がさしていた。

鷗《かもめ》が白い腹をみせて飛んでいる。

海は、どこまでも凪《な》いでいた。

翌日、新八郎は郁江と共に、役宅を出た。

本当は一人で飛鳥山へ行くつもりだったのに、何故か郁江が同行したいといってきかない。

「あなたの命の恩人のお墓まいりでございますもの、どうぞ、私もお伴い下さいませ」

という郁江は、あの夜、藤助に抱かれて海へとび込んだあと、大竹金吾達、捕り方の乗った猪牙舟《ちょき》に助け上げられ、その舟上から、お小夜の死を目撃している。

「この度の事件では、郁江どのに怖しい思いをさせているのだ。罪ほろぼしに、夫婦して王子権現に参詣でもして来るとよい」

と用人の高木良右衛門にもいわれて、結局、新八郎は郁江をつれて出かけることにした。

祝言をあげてから、夫婦そろって遠出をするのは、これが最初である。

早朝に数寄屋橋を発って、郁江を駕籠に乗せ、新八郎は徒歩で飛鳥山へむかった。

むこうへ着いてみると、藤助はもう来ていて、まめまめしく墓の掃除をしている。

お柳とお小夜の墓は、さくら茶屋をとりこわしたところに建っていた。

新八郎が、主君、根岸肥前守の許しを得て、そう、とりはからったものである。

二基の墓の背後には四手桜があった。

藤助が走りよって、新八郎と郁江に挨拶をし、郁江は早速、持参した花を墓へ供《そな》えた。

「旦那のおかげで、よいところに墓が出来ました」

しみじみと藤助がいい、火のついた線香を新八郎に渡した。

墓に香華《こうげ》をたむけて、ふと、新八郎は気がついた。

墓石のまわりを埋めているのは、小さく砕《くだ》いた甕の破片であった。

藍染め用の甕で、さくら茶屋の中にあったものである。

「大竹の旦那からうかがったんですが、お柳の両親は阿波の人で、お柳も兄の源七も、子供の頃は阿波で育ったんだそうです。藍染めは阿波の染め物で、そういうものを、わざわざ、さくら茶屋の中でやっていたのは、やっぱり子供の時分の思い出があったからじゃねえかと思います」

生まれ故郷の藍染めの甕を打ち砕いて、その破片を玉石がわりに墓石の周囲に敷きつめてやったのは、藤助の思いつきのようであった。

「そいつはいいことをした。さぞ、墓の中の二人が喜んでいるだろう」

合掌してから、近くの茶店へ行き、昼食をとることになった。

「ところで、竹の市はどうしている」

新八郎が訊いた。

板倉屋利平によって、板倉屋の日暮里の寮の中に閉じこめられていた竹の市は助け出されて、無事に我が家へ帰ることが出来た。

「おかげさんで、元気に稼いで居りますが、やっぱり、日暮里のほうには足が向かないそうでして……」

もっぱら、巣鴨、駒込を廻って療治をしているといった。

「弟の正之助もしっかり働いて居りますし、旦那に御心配をおかけするようなことはございません」

板倉屋利平に頼まれて、竹の市の帰って行く姿をみたと虚偽の証言をした妙蓮寺の坊主と池田常次郎は、各々、寺社奉行並びに目付方よりお叱りを受けたらしいと、藤助はいった。

「それから、板倉屋は蔵前の店の株を売って庄兵衛旦那は安房のほうへ引っ越し、利平旦那は兄弟の縁を切って、どこかへ行っちまったそうです」

無論、日暮里の板倉屋の寮も他人の手に渡った。

そんな話をしている藤助が、今日は上等の紬《つむぎ》の着物に紋付の羽織を着ているのに新八郎は気がついた。

郁江が、しきりに藤助によく似合うといっている。

「御新造様から頂戴いたしましたんで……たいして手柄をたてたわけでもございませ

んのに、申しわけのねえことで……」

新八郎に頭を下げながら、如何にも嬉しそうであった。

「なにをいう、俺の女房が無事だったのは、藤助の働きのせいだ」

度胸よく幽霊舟に忍び込んで、帆柱から郁江の縄を解いた。そのあと、自分の脇差を新八郎に渡し、郁江と海中へ飛び込んだ。

「お奉行も仰せられた。今度の一番手柄は藤助だと……」

「とんでもねえ。あっしはただ、隼の旦那のお指図に従っただけでして……」

これから先は、大竹金吾から手札をもらって、御用をつとめることになったという。

昼食をすませてから、寺へ行ってお柳とお小夜の供養《くよう》をしてもらい、それが終ると藤助は駒込へ帰って行った。

王子権現への参詣は夫婦二人きりである。

音無川も不動滝のあたりも、殆ど人影がない。

断崖には紅葉した蔦《つた》の葉が、水しぶきを浴びていた。

「私、兄に叱られましたの」

境内へ入ってから、郁江がいった。

「隼新八郎の妻ともあろう身が、敵の口車に乗って、やすやすと誘い出されて行くなど、どうしようもない愚か者だと……」

新八郎は妻の横顔を眺めた。

「そんなことはない。むしろ、俺はそなたを危うい目に会わせて、すまなかったと思っている」

夫の職務が奉行所の内与力であったばかりに危険にさらされた妻であった。

「さぞ、怖しかったろう」

「あなたの足手まといにならなければよいと存じて居りました。でも、きっと、あなたが助けに来て下さると……」

子供の頃、かくれんぼをした時のことを憶えているかと訊いた。

「私がお蔵にかくれて、いつまで経《た》っても鬼がみつけに来てくれませんの。怖しくなって出て行こうとしたら、どういうわけか戸が開かなくなって……その時、私を探しに来て下さったのは、鬼だった兄ではなくて、新八郎様でした」

幼なじみの遊び友達が長じて夫婦になった。

「お小夜さんもそうだったのですって」

誘拐されて、海手屋の蔵に閉じ込められている時、食事を運んでくれたお小夜と僅かの間だったが、そんな話をしたといった。

「あのお方も高丸龍平と幼なじみで……それで……」

お気の毒な人だったと郁江がいった。

八丁堀の高丸家で育っていた龍平の許に、源七は出入りをしていた。時には龍平を深川の自分の家へつれて行ったりもしていたのだろう。そこには源七の娘のお小夜がいた。

「女は誰でも恋をして幸せにたどりつくことをのぞんで居りますのに……」

郁江が小さく呟いて、社前にぬかずいた。

その郁江の髪に挿してある鼈甲《べっこう》の櫛は、郁江が新八郎の許に嫁入りした時、新八郎の母が自分の大事にしていたのを、郁江に贈ったものであった。いってみれば、隼家の嫁のしるしのようなものである。

それにひきかえ、お小夜は、と思い、新八郎は妻には聞こえない嘆息をついた。

本書は、一九九三年九月に小社より刊行した文庫版の新装版です。

|著者|平岩弓枝　東京都生まれ。日本女子大学国文科卒業。戸川幸夫の知遇を得、その推薦で長谷川伸の門下となる。1959年『鏨師《たがねし》』で第41回直木賞を受賞。1991年『花影の花』により、第25回吉川英治文学賞を受賞。また、これまでの業績により、1997年紫綬褒章を、1998年第46回菊池寛賞を受賞、2004年文化功労者に選ばれ、2016年に文化勲章を受章した。著書に南町奉行所内与力・隼新八郎がさまざまな事件を解く「はやぶさ新八御用帳」「はやぶさ新八御用旅」シリーズや「御宿かわせみ」シリーズなどがある。

新装版《しんそうばん》　はやぶさ新八御用帳《しんぱちごようちょう》(二)　江戸《えど》の海賊《かいぞく》

平岩弓枝《ひらいわゆみえ》

2017年1月13日第1刷発行
2018年4月2日第2刷発行

発行者――渡瀬昌彦
発行所――株式会社　講談社
東京都文京区音羽2-12-21　〒112-8001
電話　出版（03）5395-3510
　　　販売（03）5395-5817
　　　業務（03）5395-3615

Printed in Japan

講談社文庫
定価はカバーに表示してあります

デザイン―菊地信義
製版―――凸版印刷株式会社
印刷―――凸版印刷株式会社
製本―――株式会社国宝社

ISBN978-4-06-293511-1

講談社文庫刊行の辞

二十一世紀の到来を目睫に望みながら、われわれはいま、人類史上かつて例を見ない巨大な転換期をむかえようとしている。

世界も、日本も、激動の予兆に対する期待とおののきを内に蔵して、未知の時代に歩み入ろうとしている。このときにあたり、創業の人野間清治の「ナショナル・エデュケイター」への志を現代に甦らせようと意図して、われわれはここに古今の文芸作品はいうまでもなく、ひろく人文・社会・自然の諸科学から東西の名著を網羅する、新しい綜合文庫の発刊を決意した。

激動の転換期はまた断絶の時代である。われわれは戦後二十五年間の出版文化のありかたへの深い反省をこめて、この断絶の時代にあえて人間的な持続を求めようとする。いたずらに浮薄な商業主義のあだ花を追い求めることなく、長期にわたって良書に生命をあたえようとつとめるところにしか、今後の出版文化の真の繁栄はあり得ないと信じるからである。

同時にわれわれはこの綜合文庫の刊行を通じて、人文・社会・自然の諸科学が、結局人間の学にほかならないことを立証しようと願っている。かつて知識とは、「汝自身を知る」ことにつきていた。現代社会の瑣末な情報の氾濫のなかから、力強い知識の源泉を掘り起し、技術文明のただなかに、生きた人間の姿を復活させること。それこそわれわれの切なる希求である。

われわれは権威に盲従せず、俗流に媚びることなく、渾然一体となって日本の「草の根」をかたちづくる若く新しい世代の人々に、心をこめてこの新しい綜合文庫をおくり届けたい。それは知識の泉であるとともに感受性のふるさとであり、もっとも有機的に組織され、社会に開かれた万人のための大学をめざしている。大方の支援と協力を衷心より切望してやまない。

一九七一年七月

野間省一

平岩弓枝　はやぶさ新八御用旅(三)〈日光例幣使道の殺人〉
平岩弓枝　はやぶさ新八御用旅(四)〈北前船の事件〉
平岩弓枝　はやぶさ新八御用旅(五)〈諏訪の妖狐〉
平岩弓枝　はやぶさ新八御用旅(六)〈紅花染め秘帳〉
平岩弓枝　新装版　はやぶさ新八御用帳(一)〈大奥の恋人〉
平岩弓枝　新装版　はやぶさ新八御用帳(二)〈江戸の海賊〉
平岩弓枝　新装版　はやぶさ新八御用帳(三)〈又右衛門の女房〉
平岩弓枝　新装版　はやぶさ新八御用帳(四)〈鬼勘の娘〉
平岩弓枝　新装版　はやぶさ新八御用帳(五)〈御守殿おたき〉
平岩弓枝　新装版　おんなみち(上)(中)(下)
平岩弓枝　老いること暮らすこと
平岩弓枝　なかなかいい生き方
東野圭吾　放課後
東野圭吾　卒業
東野圭吾　学生街の殺人
東野圭吾　魔球
東野圭吾　十字屋敷のピエロ
東野圭吾　眠りの森
東野圭吾　宿命

東野圭吾　変身
東野圭吾　仮面山荘殺人事件
東野圭吾　天使の耳
東野圭吾　ある閉ざされた雪の山荘で
東野圭吾　同級生
東野圭吾　名探偵の呪縛
東野圭吾　むかし僕が死んだ家
東野圭吾　虹を操る少年
東野圭吾　パラレルワールド・ラブストーリー
東野圭吾　天空の蜂
東野圭吾　どちらかが彼女を殺した
東野圭吾　名探偵の掟
東野圭吾　悪意
東野圭吾　私が彼を殺した
東野圭吾　嘘をもうひとつだけ
東野圭吾　時生
東野圭吾　赤い指
東野圭吾　流星の絆
東野圭吾　新装版　浪花少年探偵団

東野圭吾　新装版　しのぶセンセにサヨナラ
東野圭吾　新参者
東野圭吾　麒麟の翼
東野圭吾　パラドックス13
東野圭吾　祈りの幕が下りる時
東野圭吾作家生活25周年祭り実行委員会　東野圭吾公式ガイド〈読者1万人が選んだ東野作品人気ランキング発表〉
姫野カオルコ　ああ、懐かしの少女漫画
姫野カオルコ　ああ、禁煙vs.喫煙
平野啓一郎　高瀬川
平野啓一郎　ドーン
平野啓一郎　空白を満たしなさい(上)(下)
平山譲　片翼チャンピオン
百田尚樹　永遠の0《ゼロ》
百田尚樹　輝く夜
百田尚樹　風の中のマリア
百田尚樹　影法師
百田尚樹　ボックス！(上)(下)
百田尚樹　海賊とよばれた男(上)(下)
ヒキタクニオ　東京ボイス

本多孝好　チェーン・ポイズン
穂村　弘　整形前夜
堀川アサコ　幻想郵便局
堀川アサコ　幻想映画館
堀川アサコ　幻想日記店
堀川アサコ　幻想探偵社
堀川アサコ　幻想温泉郷
堀川アサコ　大奥の座敷童子
堀川アサコ　おちゃっぴい〈大江戸八百八〉
堀川アサコ　月下におくる(上)(下)〈沖田総司青春録〉
堀川アサコ　芳《ほう》一《いち》
本城雅人　境界〈横浜中華街・潜伏捜査〉
本城雅人　スカウト・デイズ
本城雅人　スカウト・バトル
本城雅人　嗤うエース
本城雅人　贅沢のススメ
本城雅人　誉れ高き勇敢なブルーよ
本城雅人　シューメーカーの足音
本城雅人　ミッドナイト・ジャーナル

堀川惠子　裁かれた命〈死刑囚から届いた手紙〉
堀川惠子　死刑の基準〈「永山裁判」が遺したもの〉
堀川惠子　永山則夫〈封印された鑑定記録〉
堀川惠子
小笠原信之　チンチン電車と女学生〈1945年8月6日・ヒロシマ〉
ほしおさなえ　空き家課まぼろし譚
誉田哲也　Qros《キュロス》の女
松本清張　草の陰刻
松本清張　黄色い風土
松本清張　黒い樹海
松本清張　連環
松本清張　花氷
松本清張　ガラスの城
松本清張　殺人行おくのほそ道(上)(下)
松本清張　塗られた本
松本清張　熱い絹(上)(下)
松本清張　邪馬台国　清張通史①
松本清張　空白の世紀　清張通史②
松本清張　カミと青銅の迷路　清張通史③
松本清張　天皇と豪族　清張通史④

松本清張　壬申の乱　清張通史⑤
松本清張　古代の終焉　清張通史⑥
松本清張　新装版 増上寺刃傷
松本清張　新装版 彩色江戸切絵図
松本清張　新装版 紅刷り江戸噂
松本清張　大奥婦女記〈レジェンド歴史時代小説〉
松本清張他　日本史七つの謎
松谷みよ子　ちいさいモモちゃん
松谷みよ子　モモちゃんとアカネちゃん
松谷みよ子　アカネちゃんの涙の海
眉村　卓　ねらわれた学園
眉村　卓　なぞの転校生
丸谷才一　恋と女の日本文学
丸谷才一　輝く日の宮
丸谷才一　人間的なアルファベット
麻耶雄嵩　翼ある闇〈メルカトル鮎最後の事件〉
麻耶雄嵩　夏と冬の奏鳴曲《ソナタ》
麻耶雄嵩　メルカトルかく語りき
麻耶雄嵩　神様ゲーム

円居　挽　今出川ルヴォワール
円居　挽　河原町ルヴォワール
松宮　宏　秘剣こいわらい
松宮　宏　くすぶり亦《また》蔵《ぞう》〈秘剣こいわらい〉
松宮　宏　さくらんぼ同盟
丸山天寿　琅《ろう》邪《や》の鬼
丸山天寿　琅《ろう》邪《や》の虎
町山智浩　アメリカ格差ウォーズ 99%対1%
松岡圭祐　探偵の探偵
松岡圭祐　探偵の探偵 II
松岡圭祐　探偵の探偵 III
松岡圭祐　探偵の探偵 IV
松岡圭祐　水鏡推理
松岡圭祐　水鏡推理 II〈インパクトファクター〉
松岡圭祐　水鏡推理 III〈パレイドリア・フェイス〉
松岡圭祐　水鏡推理 IV〈アノマリー〉
松岡圭祐　水鏡推理 V〈ニュークリアフュージョン〉
松岡圭祐　水鏡推理 VI〈クロノスタシス〉
松岡圭祐　探偵の鑑定 I

松岡圭祐　探偵の鑑定 II
松岡圭祐　万能鑑定士Qの最終巻〈ムンクの〈叫び〉〉
松岡圭祐　黄砂の籠城 (上)(下)
松岡圭祐　シャーロック・ホームズ対伊藤博文
松岡圭祐　八月十五日に吹く風
松岡圭祐　生きている理由
松島泰勝　琉球独立宣言〈実現可能な五つの方法〉
松原　始　カラスの教科書
益田ミリ　五年前の忘れ物
三好　徹　政・財 腐蝕の１００年
三好　徹　政・財 腐蝕の100年 大正編
三浦綾子　ひつじが丘
三浦綾子　岩に立つ
三浦綾子　青い棘《とげ》
三浦綾子　イエス・キリストの生涯
三浦綾子　愛すること信ずること
三浦明博　感染広告
三浦明博　滅びのモノクローム
宮尾登美子　新装版天璋院篤姫 (上)(下)

宮尾登美子　新装版 一絃の琴
宮尾登美子　〈レジェンド歴史時代小説〉東福門院和子《まさこ》の涙 (上)(下)
宮本　輝　ひとたびはポプラに臥す 1〜6
宮本　輝　骸骨ビルの庭 (上)(下)
宮本　輝　新装版 二十歳《はたち》の火影《ほかげ》
宮本　輝　新装版 命の器
宮本　輝　新装版 避暑地の猫
宮本　輝　新装版 ここに地終わり 海始まる (上)(下)
宮本　輝　新装版 花の降る午後 (上)(下)
宮本　輝　新装版 オレンジの壺 (上)(下)
宮本　輝　にぎやかな天地 (上)(下)
宮本　輝　新装版 朝の歓び (上)(下)
宮城谷昌光　俠骨記
宮城谷昌光　夏姫春秋 (上)(下)
宮城谷昌光　花の歳月
宮城谷昌光　重耳《ちょうじ》(全三冊)
宮城谷昌光　春秋の色
宮城谷昌光　介《かい》子《し》推《すい》
宮城谷昌光　孟嘗君 全五冊

宮城谷昌光　春秋の名君
宮城谷昌光　子　産　(上)(下)
宮城谷昌光他　異色中国短篇傑作大全
宮城谷昌光　湖底の城一〈呉越春秋〉
宮城谷昌光　湖底の城二〈呉越春秋〉
宮城谷昌光　湖底の城三〈呉越春秋〉
宮城谷昌光　湖底の城四〈呉越春秋〉
宮城谷昌光　湖底の城五〈呉越春秋〉
宮城谷昌光　湖底の城六
水木しげる　コミック昭和史1〈関東大震災～満州事変〉
水木しげる　コミック昭和史2〈満州事変～日中全面戦争〉
水木しげる　コミック昭和史3〈日中全面戦争～太平洋戦争開始〉
水木しげる　コミック昭和史4〈太平洋戦争前半〉
水木しげる　コミック昭和史5〈太平洋戦争後半〉
水木しげる　コミック昭和史6〈終戦から朝鮮戦争〉
水木しげる　コミック昭和史7〈講和から復興〉
水木しげる　コミック昭和史8〈高度成長以降〉
水木しげる　総員玉砕せよ！
水木しげる　敗　走　記

水木しげる　白　い　旗
水木しげる　姑《クー》娘《ニャン》
水木しげる　決定版　日本妖怪大全〈妖怪・あの世・神様〉
水木しげる　ほんまにオレはアホやろか
宮部みゆき　ステップファザー・ステップ
宮部みゆき　新装版　震える岩〈霊験お初捕物控〉
宮部みゆき　新装版　天狗風〈霊験お初捕物控〉
宮部みゆき　ICO《イコ》—霧の城—(上)(下)
宮部みゆき　ぼんくら(上)(下)
宮部みゆき　新装版　日暮らし(上)(下)
宮部みゆき　おまえさん(上)(下)
宮部みゆき　小暮写眞館(上)(下)
宮子あずさ　看護婦が見つめた人間が死ぬということ
宮子あずさ　看護婦が見つめた人間が病むということ
宮子あずさ　ナースコール
宮本昌孝　家康、死す(上)(下)
皆川ゆか　評伝シャア・アズナブル〈《赤い彗星》の軌跡〉
三津田信三　忌《い》館《かん》〈ホラー作家の棲む家〉
三津田信三　作者不詳〈ミステリ作家の読む本〉(上)(下)

三津田信三　蛇《じゃ》棺《かん》葬《そう》
三津田信三　百《ひゃく》蛇《じゃ》堂《どう》〈怪談作家の語る話〉
三津田信三　厭魅《まじもの》の如き憑くもの
三津田信三　凶鳥《まがとり》の如き忌むもの
三津田信三　首無《くびなし》の如き祟るもの
三津田信三　山魔《やまんま》の如き嗤《わら》うもの
三津田信三　水魑《みづち》の如き沈むもの
三津田信三　密室《ひめむろ》の如き籠《こも》るもの
三津田信三　生霊《いきだま》の如き重《だぶ》るもの
三津田信三　幽女《ゆうじょ》の如き怨むもの
三津田信三　スラッシャー　廃園の殺人
三津田信三　シェルター　終末の殺人
三津田信三　ついてくるもの
三輪太郎　あなたの正しさと、ぼくのセツナさ
三輪太郎　死という鏡〈この30年の日本文芸を読む〉
汀《みぎわ》こるもの　フォークの先、希望の後〈THANATOS〉
宮田珠己　ふしぎ盆栽ホンノンボ
道尾秀介　カラスの親指〈by rule of CROW's thumb〉
道尾秀介　水　の　柩

深木章子《みきあきこ》　鬼畜の家
深木章子　衣更月《きさらぎ》家の一族
深木章子　螺《ら》旋《せん》の底
深志美由紀《みゆき》　美食の報酬
三木笙子　百年の記憶〈哀しみを刻む石〉
湊かなえ　リバース
村上龍　海の向こうで戦争が始まる
村上龍　走れ！タカハシ
村上龍　愛と幻想のファシズム（上）（下）
村上龍　超電導ナイトクラブ
村上龍　イビサ
村上龍　音楽の海岸
村上龍　村上龍料理小説集
村上龍　村上龍映画小説集
村上龍　ストレンジ・デイズ
村上龍　共生虫
村上龍　新装版 限りなく透明に近いブルー
村上龍　新装版 コインロッカー・ベイビーズ
村上龍　歌うクジラ（上）（下）

向田邦子　新装版 眠る盃
向田邦子　新装版 夜中の薔薇
村上春樹　風の歌を聴け
村上春樹　1973年のピンボール
村上春樹　羊をめぐる冒険（上）（下）
村上春樹　カンガルー日和
村上春樹　回転木馬のデッド・ヒート
村上春樹　ノルウェイの森（上）（下）
村上春樹　ダンス・ダンス・ダンス（上）（下）
村上春樹　遠い太鼓
村上春樹　国境の南、太陽の西
村上春樹　やがて哀しき外国語
村上春樹　アンダーグラウンド
村上春樹　スプートニクの恋人
村上春樹　アフターダーク
村上春樹／佐々木マキ絵　羊男のクリスマス
村上春樹／佐々木マキ絵　ふしぎな図書館
村上春樹／糸井重里　夢で会いましょう
村上春樹・文／安西水丸・絵　ふわふわ

U・K・ル＝グウィン／村上春樹訳　空飛び猫
U・K・ル＝グウィン／村上春樹訳　帰ってきた空飛び猫
U・K・ル＝グウィン／村上春樹訳　素晴らしいアレキサンダーと、空飛び猫たち
U・K・ル＝グウィン／村上春樹訳　空を駆けるジェーン
T・ファリッシュ著／B・ルート絵／村上春樹訳　ポテト・スープが大好きな猫
群ようこ　濃い人々〈いとしの作中人物たち〉
群ようこ　いいわけ劇場
群ようこ　浮世道場
群ようこ　馬琴の嫁
村山由佳　すべての雲は銀の…（上）（下）
村山由佳　永遠。
村山由佳　天翔る
室井滋　うまうまノート
室井滋　気になり飯《めし》〈うまうまノート②〉
村野薫　死刑はこうして執行される
睦月影郎　甘《あま》蜜《みつ》三《ざん》昧《まい》
睦月影郎　平成好色一代男　和装セレブ妻の香り
睦月影郎　新・平成好色一代男　秘伝の書
睦月影郎　新・平成好色一代男　元部下のOL

講談社文庫　目録

講談社文庫　目録

森 博嗣　φ《ファイ》は壊れたね〈PATH CONNECTED φ BROKE〉
森 博嗣　θ《シータ》は遊んでくれたよ〈ANOTHER PLAYMATE θ〉
森 博嗣　τ《タウ》になるまで待って〈PLEASE STAY UNTIL τ〉
森 博嗣　ε《イプシロン》に誓って〈SWEARING ON SOLEMN ε〉
森 博嗣　λ《ラムダ》に歯がない〈λ HAS NO TEETH〉
森 博嗣　η《イータ》なのに夢のよう〈DREAMILY IN SPITE OF η〉
森 博嗣　目薬α《アルファ》で殺菌します〈DISINFECTANT α FOR THE EYES〉
森 博嗣　ジグβ《ベータ》は神ですか〈JIG β KNOWS HEAVEN〉
森 博嗣　キウイγ《ガンマ》は時計仕掛け〈KIWI γ IN CLOCKWORK〉
森 博嗣　イナイ×イナイ〈PEEKABOO〉
森 博嗣　キラレ×キラレ〈CUTTHROAT〉
森 博嗣　タカイ×タカイ〈CRUCIFIXION〉
森 博嗣　ムカシ×ムカシ〈REMINISCENCE〉
森 博嗣　サイタ×サイタ〈EXPLOSIVE〉
森 博嗣　女王の百年密室〈GOD SAVE THE QUEEN〉
森 博嗣　迷宮百年の睡魔〈LABYRINTH IN ARM OF MORPHEUS〉
森 博嗣　赤目姫の潮解〈LADY SCARLET EYES AND HER DELIQUESCENCE〉
森 博嗣　まどろみ消去〈MISSING UNDER THE MISTLETOE〉
森 博嗣　地球儀のスライス〈A SLICE OF TERRESTRIAL GLOBE〉

森 博嗣　今夜はパラシュート博物館へ〈THE LAST DIVE TO PARACHUTE MUSEUM〉
森 博嗣　虚空の逆マトリクス〈INVERSE OF VOID MATRIX〉
森 博嗣　レタス・フライ〈Lettuce Fry〉
森 博嗣　僕は秋子に借りがある I'm in Debt to Akiko〈森博嗣自選短編集〉
森 博嗣　どちらかが魔女 Which is the Witch?〈森博嗣シリーズ短編集〉
森 博嗣　探偵伯爵と僕〈His name is Earl〉
森 博嗣　銀河不動産の超越〈Transcendence of Ginga Estate Agency〉
森 博嗣　喜嶋先生の静かな世界〈The Silent World of Dr. Kishima〉
森 博嗣　実験的経験〈Experimental experience〉
森 博嗣　つぶやきのクリーム〈The cream of the notes〉
森 博嗣　つぼやきのテリーヌ〈The cream of the notes 2〉
森 博嗣　つぼねのカトリーヌ〈The cream of the notes 3〉
森 博嗣　ツンドラモンスーン〈The cream of the notes 4〉
森 博嗣　つぼみ茸《きのこ》ムース〈The cream of the notes 5〉
森 博嗣　つぶさにミルフィーユ〈The cream of the notes 6〉
森 博嗣　森博嗣のミステリィ工作室
森 博嗣　100人の森博嗣〈100 MORI Hiroshies〉
森 博嗣　アイソパラメトリック
森 博嗣　悠悠おもちゃライフ

森 博嗣　君の夢 僕の思考〈You will dream while I think〉
森 博嗣　議論の余地しかない〈A Space under Discussion〉
森 博嗣　的を射る言葉〈Gathering the Pointed Wits〉
森 博嗣　森博嗣の半熟セミナ 博士、質問があります！
森 博嗣　DOG&DOLL
森 博嗣　TRUCK&TROLL
森 博嗣／ささきすばる 絵　悪戯王子と猫の物語
森 博嗣／土屋賢二　人間は考えるFになる
諸田玲子　鬼あざみ
諸田玲子　笠《かさ》雲《ぐも》
諸田玲子　からくり乱れ蝶
諸田玲子　其《そ》の一《いち》日《にち》
諸田玲子　末世炎上
諸田玲子　昔《せき》日《じつ》より
諸田玲子　日《にち》月《げつ》めぐる
諸田玲子　天女湯おれん
諸田玲子　天女湯おれん これがはじまり
諸田玲子　天女湯おれん 春色恋ぐるい
森 達也　ぼくの歌、みんなの歌

講談社文庫　目録

2017年12月15日現在